D1247597

LES HÉRITIERS D'AMBROSIUS

DU MÊME AUTEUR

Les démons de la Grande Bibliothèque, Les Éditions du Trécarré, 2006.
Délit de fuite, Dramaturges Éditeurs, 2002.
L'humoriste, Dramaturges Éditeurs, 1998.
La nuit où il s'est mis à chanter, Dramaturges Éditeurs, 1998.
Les aut'mots, Dramaturges Éditeurs, collectif « 38 I », 1996.

À PARAÎTRE

Le cri du Chaman
Les catacombes du Stade olympique

Claude Champagne

LES HÉRITIERS D'AMBROSIUS

Le Peuple des profondeurs

Trécarré
QUEBECOR MEDIA

Catalogage avant publication de Bibliothèque et Archives Canada

Champagne, Claude, 1966-

    Les héritiers d'Ambrosius

    Sommaire : t. 1. Le peuple des profondeurs – t. 2. Les démons de la grande bibliothèque.
    Pour les jeunes de 10 ans et plus.

    ISBN-13 : 978-2-89568-324-7 (v. 1)
    ISBN-13 : 978-2-89568-325-4 (v. 2)
    ISBN-10 : 2-89568-324-7 (v. 1)
    ISBN-10 : 2-89568-325-5 (v. 2)

    I. Titre. II. Titre : Le peuple des profondeurs. III. Titre : Les démons de la grande bibliothèque.

PS8555.H355H47 2006   jC843'.54   C2006-941390-8
PS9555.H355H47 2006

Remerciements

Les Éditions du Trécarré reconnaissent l'aide financière du gouvernement du Canada par l'entremise du Programme d'aide au développement de l'industrie de l'édition (PADIÉ) pour ses activités d'édition. Nous remercions le Conseil des Arts du Canada et la Société de développement des entreprises culturelles du Québec (SODEC) du soutien accordé à notre programme de publication. Gouvernement du Québec – Programme de crédit d'impôt pour l'édition de livres – gestion SODEC.

Couverture et conception graphique :
    Losmoz
Illustration de la couverture :
    Sylvain Lorgeou
Mise en pages :
    Luc Jacques

© 2006, Éditions du Trécarré

    ISBN-13 : 978-2-89568-324-7
    ISBN-10 : 2-89568-324-7

Dépôt légal – Bibliothèque et Archives nationales du Québec, 2006

Imprimé au Canada

Éditions du Trécarré
7, chemin Bates, Outremont (Québec) H2V 4V7 Canada
Tél. : 514 849-5259

Distribution au Canada
Messageries ADP
2315, rue de la Province
Longueuil (Québec) J4G 1G4
Téléphone : 450 640-1234
Sans frais : 1 800 771-3022

Merci à Martin Balthazar pour sa confiance.

Merci à Julie Simard pour ses judicieux conseils.

Merci à Sylvain Lorgeou pour son talent.

*Merci à Sabina Badilescu et Julie Lalancette
pour leur œil de lynx.*

À la mémoire de Jacob.

Le journal de bord d'Olaf Olsen est inspiré du roman libre de droits The Smoky God : or, A Voyage to the Inner World, *de Willis George Emerson (1856-1918), publié en 1908 chez Chicago Forbes & Company. Merci à Fred Idylle pour son aimable traduction.*

Journal de bord

Bergen, 23 avril 1932

Ça y est, le grand départ tant attendu a enfin eu lieu. Mon père et moi avons fini de charger tard ce soir sur notre vieux bateau de pêche tout notre équipement et nos provisions pour ce long voyage au-delà du Vent du Nord. Nous avons pris le large aussitôt, profitant du masque de la nuit. Sinon, personne au port ne nous aurait laissés partir pour une telle aventure. Demain, nous serons loin des côtes de Norvège, je l'espère. J'ai peur un peu. Jamais nous n'avons été si longtemps en mer auparavant. Mon père est un bon navigateur. Il a rêvé de ce périple toute sa vie. Papa ne croit pas aux légendes. Il veut découvrir la vérité. Depuis toujours, chez nous, on raconte que le père de tout, fils de Bor, a construit au milieu de l'univers une ville nommée Asgard, les cieux dessous. Et dans cette cité, il y a une place appelée Hlidskjalf, là où trône Odin, veillant sur les neuf mondes. Nous voguons en direction du pôle Nord à la rencontre des dieux et ils nous protégeront. Odin, dieu des *eaux, est un compagnon courageux, et il est avec nous, ne cesse de répéter mon paternel. Quelque chose vient de heurter notre embarcation. Mon père m'appelle.*

Olaf Olsen

1

L'évadé de nulle part

Enveloppé dans une couverture de laine par les sauveteurs, les flashs des caméras tout autour de lui paraissaient le terroriser à chaque crépitement. Comme s'il n'avait jamais vu ces appareils de sa vie. Les micros se bousculaient, chacun des journalistes tentant d'obtenir les premières impressions du héros insolite du jour. L'homme ne semblait pas parler français. Il répétait des mots, des sons, incompréhensibles. On pouvait entendre hors champ la voix de certains reporters poser des questions en anglais au rescapé de la grotte. À ce moment, dans ses yeux, une lumière. Il avait compris des bouts de phrases, on dirait. Malgré le pompier bien baraqué qui le soutenait, l'évadé de nulle part – comme on allait le surnommer par la suite – sortit une main de sous la couverture, indiquant le sol avec son index crochu, et il cria : « *Gods! Gods! Gods!* » Étrangement, cela eu pour effet de stopper net la meute journalistique à sa poursuite. L'on vit alors le vieil homme s'éloigner, devenant inaudible à la caméra, continuer de gesticuler en remuant les lèvres. Il fut rapidement maîtrisé par les ambulanciers qui le firent monter dans leur véhicule pour l'amener à l'hôpital Maisonneuve-Rosemont.

Charles se demandait si le reste de la bande des quatre avait aussi vu le reportage à la télévision. De retour à la maison après sa première journée d'école, le grand de sixième année avait laissé choir son sac à dos en plein milieu de la cuisine. Une tartine à la confiture de fraises plus tard, tout en s'essuyant les doigts de l'autre main sur son jean bleu pour ensuite terminer le nettoyage sur son t-shirt blanc, il avait allumé la télé. Dans le grand parc où ses amis et lui vont parfois jouer au baseball, un vieil homme venait d'être retrouvé dans la caverne Saint-Léonard. Le journaliste concluait son reportage en ajoutant : « Le rescapé de la caverne a été découvert dans le hall du bâtiment abritant l'entrée de la grotte du parc Saint-Léonard, alors qu'un passant l'a entendu plus tôt marteler de ses poings les portes de métal de la bâtisse, fermée au public depuis la mi-août. Le vieil homme gisait à l'intérieur presque inconscient à l'arrivée des secours. Comment s'est-il retrouvé là ? Depuis combien de temps appelait-il à l'aide désespérément ? Joints au téléphone, les responsables du parc n'ont pu nous en dire plus, et un représentant de la Ville... »

Le jeune Charles n'avait plus qu'une idée sous ses cheveux bruns hirsutes. Il lui fallait aller vérifier par lui-même cette histoire. Il s'imaginait déjà explorer la caverne du parc Saint-Léonard, découvrant l'ouverture secrète menant à un monde souterrain jusque-là insoupçonné. S'écorcher au sang le bout des doigts, gelés par la température glaciale des profondeurs de la grotte, en tentant de s'agripper à une paroi de pierre friable au-dessus d'un précipice. Alors qu'en bas, des hommes-serpents de trois mètres de hauteur dansaient, langue fourchue sortie, autour d'un ruisseau bouillonnant de lave. Le rescapé de la caverne n'avait-il pas crié le mot « dieux » en anglais, en pointant le sol ?

Charles Montembeault était un sportif accompli, même si sa modestie l'empêchait d'afficher ses multiples médailles en athlétisme. Il se sentait d'attaque pour une telle expédition. Par contre, elle nécessitait de sérieux préparatifs. Un attirail de cordes solides, des vêtements chauds mais légers. Un casque muni d'une lampe frontale. Des bottes imperméables à crampons. Quoi d'autre ? De la nourriture sèche, une bonne ration d'eau potable. Malheureusement, Charles ne disposait d'à peu près aucune de ces indispensabilités. En y pensant bien, le jeune aventurier faisait le tour dans sa tête des garde-robes, sous-sols et garages de chacun de ses amis. Un premier survol lui permit de dresser un inventaire sommaire. Le grand frère de son ami Vincent étudiait en foresterie. Assurément, il trouverait chez lui des bottes à crampons, quitte à les bourrer de papier journal, puisque trop grandes, pour en assurer le confort. Il se souvenait avoir vu le père de son amie Andréa transporter un matelas bien ficelé sur le toit de sa voiture. C'était donc réglé pour les cordes. Son copain Miguel s'était déguisé en ouvrier de la construction l'an dernier. Il devait donc encore avoir le casque. Pour la lampe frontale, Charles pensait bien pouvoir bricoler quelque chose avec sa mini lampe de poche. Ne manquait plus que le principal : ses trois meilleurs amis ! Sans eux, aucune aventure n'était envisageable, d'autant plus pour ce périple dans les entrailles de la Terre. Le problème allait être d'équiper tout le monde convenablement. Mais entre copains, on est là pour s'épauler.

Une dernière préoccupation : l'endroit serait peut-être surveillé. Pour l'instant, il ne servait à rien de s'inquiéter. Ensemble, ce soir même prévoyait-il, les jeunes explorateurs effectueraient un tour de reconnaissance du terrain après quoi leur plan pourrait mieux se préciser. Mais avant de penser à déjouer la possible surveillance de l'entrée de la caverne, il lui faudrait d'abord ruser auprès des sentinelles de son propre domicile, ses parents adoptifs. Charles avait parfois le sentiment d'avoir épuisé le répertoire des stratagèmes pour tromper la patrouille parentale. Mais chaque fois, il se surprenait à trouver au fond de son sac à malices un nouveau subterfuge. Comme son plan impliquait aussi ses camarades, l'arnaque du téléphone arabe lui parut à propos. Chacun de ses copains n'avait qu'à prétendre aller dormir chez un ami. A déclarait aller passer la nuit chez B. B soutenait se rendre chez C avec A. C affirmait aller coucher chez D avec B et A. Et ainsi de suite. La manigance reposait sur la confiance des parents entre eux. Aucun des adultes n'oserait remettre en doute la parole de l'autre. On ne pouvait pas dire que Charles était un vilain garnement. Plutôt un jeune garçon décidé, intrépide. Quand l'aventure appelait, il répondait toujours présent, parfois avant même que la question se pose.

Premier arrêt, chez Vincent. Les deux garçons étaient devenus amis, sinon complices, à la suite d'une invitation à la bagarre. Vincent détenait le titre de dur de l'école. Comme pour tout bon champion, les challengeurs se faisaient rares. La brute devait donc, à l'occasion, sortir de sa tanière et se chercher une victime, un faire-valoir afin de maintenir vivace sa réputation. Par contre, l'essentiel des combats se résumait habituellement en une surenchère d'insultes et de menaces. Aucun coup n'était jamais échangé. Ces joutes oratoires n'entraînaient aucune réelle blessure, sinon celle de l'orgueil. Et quand Vincent voulut affronter Charles, la guerre des mots fut non seulement brève, mais surtout secrète. Devant tout le monde réuni en cercle autour d'eux, Charles s'approcha de son adversaire et lui murmura à l'oreille :

— Je sais que tu fais encore pipi au lit. Je te donne une chance de préserver ton honneur.

Dans sa grande délicatesse, Charles suggéra même une sortie élégante au lion de la cour d'école. Pour sauver la face, Vincent se força à rire.

— Hé ben, je viens d'en apprendre une bonne ! Imaginez-vous donc que le nouveau est aussi ceinture noire de karaté comme moi. Je pense que ça ne servirait à rien qu'on s'affronte dans ces conditions-là. Ce serait une bataille plate, on est tous les deux de la même force ! J'en reviens pas, quelle coïncidence !

Malgré sa déception, la foule de charognards autour se mit aussi à rire. La cour d'école avait maintenant deux champions. Charles faisait donc d'une pierre deux coups. La gloire de Vincent était sauve et plus jamais personne n'oserait s'en prendre au jeune futé.

Pas besoin de sonner quand on allait chez Vincent, la porte menant au sous-sol, à côté de l'entrée de garage du duplex, était toujours débarrée. Sébastien, le grand frère de Vincent, un original accroché aux années 1970, pratiquait ses mouvements d'arts martiaux en écoutant à tue-tête un solo de guitare rock de Jimmy Page, du célèbre groupe

Led Zeppelin, devant une affiche géante de l'illustre maître karatéka Bruce Lee. Les deux frères n'avaient en commun que leur épaisse tignasse brune bouclée et leur drôle de nez rond. D'ailleurs, tout était rond chez l'ami de Charles. Ses yeux noirs comme des billes, ses pommettes saillantes, son petit ventre. Vincent observait sa tarentule dans son vivarium. Charles avait en horreur cet animal, mais éprouvait tout de même une certaine fascination à l'heure du repas de l'araignée. Et en ce moment, elle se nourrissait de grillons.

Après le souper de la tarentule, Charles entraîna Vincent à l'écart et lui parla de son nouveau projet.

— T'es sérieux? demanda Vincent. Tu veux monter une expédition pour découvrir des dieux vivants en secret au centre de la Terre!

Charles craignait que ce ne soit pas une mince affaire de convaincre ses amis. Leur dernière aventure n'avait pas donné des résultats reluisants, c'est le moins qu'on puisse dire. Plonger au fond du petit lac boueux du cimetière pour y repêcher des trouvailles archéologiques ne leur avait attiré que des embêtements. Même s'il demeurait convaincu qu'avec un peu de chance et d'acharnement ils auraient fini par trouver un quelconque trésor. Si seulement les autorités n'avaient pas découvert leur rudimentaire matériel de plongée caché aux abords, mais bon.

— Voyons, c'est trop délirant! explosa Vincent. Comment as-tu pu penser une seconde que j'aurais pu refuser? Même si la dernière fois… dit-il, sourire en coin.

— C'était pas de ma faute! voulut se défendre Charles.

— Mais non, je blague. Explorer un monde souterrain… Ça se refuse pas!

— Merci, je savais que je pouvais compter sur toi, dit son copain, soulagé.

— Ça va nous prendre de l'équipement.

— Justement, dit Charles, j'ai pensé aux bottes à crampons de ton frère. Penses-tu qu'on pourrait les lui emprunter?

— T'es fou! On va les prendre sans lui dire.

— Comment? Il est juste là, il va s'en rendre compte.

— J'ai un plan…

Sébastien achevait ses exercices de karaté alors que sa musique venait de se terminer. Il fallait agir vite. Prétextant aller à la cuisine en haut, Vincent grimpa les escaliers et se précipita plutôt dans la chambre de son frère. Charles faisait le guet en bas. Vincent arracha de sous le lit quelques paires de bottes à crampons. Comme Sébastien changeait de bottes chaque année, il en avait plusieurs qu'il conservait, au cas où, pour des expéditions avec ses amis. Puis, dans l'entrebâillement de la porte, Vincent cria à Charles s'il voulait du lait ou du jus, donnant ainsi le signal à Charles de simuler une envie rapide puis de tirer la chasse d'eau en bas. Noyé par le bruit de la cuvette, Vincent pouvait alors ouvrir la fenêtre de la chambre de son frère et laisser tomber les bottes dehors. Une fois à l'extérieur, les garçons récupérèrent en catimini les paires de bottes à crampons.

— Vincent, t'es vraiment extraordinaire!

— Mais de rien, cher ami, répondit-il, provoquant le rire chez Charles.

En route vers le domicile de Miguel, ils discutèrent de la stratégie à adopter. Le paternel de leur ami, monsieur Valdez, avait la suspicion rapide, la colère facile. Il avait surtout le défaut d'être un ancien joueur de ligne au football et de ressembler à un tueur à gages de films de gangsters. Évidemment, il pouvait s'agir là d'un obstacle de taille. Il était hors de question de se passer de la présence de leur ami latin. Champion de saut en hauteur comme en longueur, son agilité légendaire en plus de ses talents de grimpeur étaient tout destinés pour une mission semblable. Miguel vouait depuis toujours une adoration sans bornes au superhéros Spiderman. Il regrettait seulement que son idole n'eut pas le teint foncé et des cheveux noirs, courts et bouclés, sinon la ressemblance aurait été frappante, avait-il coutume de dire en blaguant. Plusieurs fois, il fut surpris à grimper sur les murs et les toits du voisinage. Pour certains, cette propension à escalader les maisons témoignait d'un esprit dérangé. Bien sûr, Miguel pouvait paraître bizarre, du moins pas tout à fait comme les autres. Ses amis aussi étaient d'accord sur ce point. Mais pour eux, malgré tout, ses exploits demeuraient remarquables et les faisaient rêver. Et simplement pour cela, pour rien au monde Charles et Vincent n'auraient voulu se séparer de leur ami Miguel.

En tournant le coin de la rue, une heureuse surprise les attendait. À quelques maisons de là, ils virent le père de Miguel qui chargeait ses valises dans le coffre de sa voiture stationnée dans leur entrée de garage.

— Bonjour Monsieur Valdez.

— Ah, bonjour, oui, répondit-il, en se retournant à peine.

— Vous partez en voyage? demanda Charles, pour être poli.

— Miguel est dans sa chambre.

— Bon…

Le père de Miguel paraissait préoccupé, tendu. Pendant un moment, Charles regarda monsieur Valdez soulever facilement ses énormes et lourdes valises puis les déposer comme des plumes dans le coffre de sa voiture. Une image traversa son esprit. Il imaginait monsieur Valdez transporter des cadavres dans ses bagages. Inquiet, Charles croisa le même regard chez Vincent. Ils gravirent quatre à quatre les marches jusqu'au balcon et entrèrent en coup de vent chez Miguel, ne prenant pas la peine de sonner. Tous les deux avaient trop d'imagination.

Miguel était effectivement dans sa chambre, assis sur son lit à lire une bande dessinée de superhéros. Sachant que leur ami était toujours partant pour l'aventure, la conversation fut brève.

— Tu as encore tes casques de construction ? lui demanda Charles.

— Oui.

— Parfait. Va les chercher et dis à ta mère que tu viens coucher chez nous ce soir. On part en mission. On t'expliquera en route.

— OK.

Ils attendirent que le père de Miguel soit parti pour prendre le chemin de la maison du dernier des mousquetaires, et non le moindre.

Leur amie Andréa n'avait qu'un seul défaut, elle était une fille, avaient coutume de dire ses amis pour la narguer. Chose qu'elle détestait souverainement. C'était bien sûr pour la taquiner. Jamais les garçons n'auraient voulu se séparer de leur meilleure amie. À bien des égards, Andréa affichait souvent plus de cran et de courage qu'eux trois réunis.

Au grand désespoir de son père d'ailleurs, qui ne voyait pas toujours d'un bon œil sa fille fréquenter les trois lascars. Ni sa mère qui se demandait pourquoi sa grande ne s'intéressait pas aux chanteurs à la mode et aux beaux vêtements comme les autres filles « normales ». Andréa ne se trouvait pas chez elle, et sa mère en congé parental, fatiguée, n'aurait su dire où elle se cachait. Sinon qu'elle l'attendait pour souper, d'une minute à l'autre.

— Ah?... C'est bizarre, ça. Andréa ne vous a pas dit qu'on allait dormir chez Vincent, ce soir? mentit habilement Charles. Pourtant, ce n'est pas dans ses habitudes, non?

— Euh... Je ne sais pas. Peut-être bien qu'elle m'en a parlé ce midi, mais avec la petite...

Justement, le bébé sœur d'Andréa réclamait la présence maternelle à grands cris affamés.

— Savez-vous si Andréa a pris avec elle les rouleaux de corde de votre mari?

— Pour quoi faire?

— Andréa m'a dit que vous aviez dit oui...

Les pleurs de l'enfant allaient grandissant.

— Oui, oui, prenez-les. Mais faites attention, là. Pas de mauvais coups!

— Merci, Madame Rousseau.

Les compagnons croyaient bien savoir où se trouvait leur espiègle copine Andréa. Chargés comme des mulets de leur matériel pour l'expédition, ils décidèrent de passer par les rues où ils ne connaissaient personne. Cela rendait leur trajet beaucoup plus long, mais c'était le prix à payer pour ne pas être repéré. Au fil des années, ils avaient réussi à déterminer la demeure de chacun des espions du quartier.

Tous avaient le même signe distinctif quand on passait devant chez eux. Derrière une fenêtre, une silhouette reculait de quelques pas dans l'ombre, pour ne pas être remarquée. Mais le mouvement du rideau trahissait chaque fois leur présence. C'est ainsi que les enfants apprirent à dresser une carte mentale localisant chacun des agents de renseignements du coin.

Sans anicroches, les jeunes aventuriers arrivèrent devant l'entrée secrète du bois Rosemont. Coup d'œil à gauche puis à droite, ils n'avaient pas été suivis. La voie était libre. Ils s'engouffrèrent dans le touffu boisé, disparaissant complètement aux regards de l'extérieur. Pour l'œil averti, un sentier se dessinait au travers l'épais feuillage des arbres. Les garçons y venaient si souvent qu'ils auraient pu arpenter le bois les yeux fermés. C'est bien ce qu'ils pensaient : Andréa descendait de l'arbre où se juchait leur cabane pour aller à leur rencontre.

— Qu'est-ce que vous voulez faire avec tout cet attirail ? dit-elle en refaisant sa longue couette brune, ses yeux gris vert pétillant devant l'équipement.

— Pour l'instant, aide-nous à cacher tout ça ici.

— Et ensuite ?

— Es-tu prête à tout, vraiment à tout ?

2

Mission de reconnaissance

À la tombée de la nuit, les quatre jeunes intrépides chevauchaient leur bicyclette en direction du parc Saint-Léonard. La caverne se trouvait assez loin de chez eux. S'y rendre à pied aurait été beaucoup trop long. Aux guidons de leur monture, les jeunes aventuriers avaient fière allure, les cheveux au vent. Chacun se regardait du coin de l'œil, le sourire manifeste. Tous roulaient avec en tête une musique entraînante aux accents d'hymne héroïque. Sur la route qui les menait vers l'aventure, pendant ce court moment, ils se sentaient invincibles. Rien ne pouvait les arrêter. Même pas la fatigue de cette longue randonnée. Tout leur semblait possible. Si quelqu'un avait eu entre ses mains une machine à capturer les rêves, il aurait vu Charles et ses amis s'imaginant entourés de scientifiques, répondre aux questions les plus compliquées sur les mystères du peuple des profondeurs. Il aurait vu aussi un Vincent relater ses exploits lui ayant demandé une force hors du commun, un Miguel expliquer comment il s'y était pris pour grimper aux parois rocheuses les plus lisses et une Andréa pas peu fière d'exhiber le collier magique donné par la grande prêtresse de la tribu. C'est dans cet état d'esprit enivrant que nos jeunes amis fonçaient tête première dans un voyage au fond de l'inconnu, rempli de péripéties dont ils n'auraient jamais pu se douter.

Une fois arrivés non loin du parc Saint-Léonard, la bande avait convenu de faire le reste du chemin vers la caverne à pied. De cette façon, si jamais pour une raison ou pour une autre ils devaient prendre la fuite, leurs vélos seraient en sécurité et ils seraient plus libres de leurs mouvements, à défaut d'être plus rapides. Comme Charles l'avait appréhendé, l'endroit était bien éclairé. Ils étaient encore trop loin pour voir si des gardiens effectuaient des rondes ou pas autour de l'entrée de la caverne. Heureusement, comme Andréa s'en était souvenue, de gros bosquets au sommet d'une petite butte leur donneraient un point de vue de choix et les cacheraient des regards. Seul petit ennui, pour s'y rendre, il fallait traverser une zone qui était à découvert et en pleine lumière. Andréa avait prévu le coup. Elle sortit sa fronde de chasse de la poche intérieure de sa veste de jean. Armée d'une bille d'acier, Andréa visa le lampadaire tout près du bosquet. Premier coup, raté. On entendit la bille atterrir sur le toit d'une voiture puis rebondir dans la rue. À plat ventre, le nez dans le gazon, les quatre tendaient l'oreille. Vincent risqua un coup d'œil. Aucun gardien de parc en vue, ni de voisin curieux en pantoufles sur son balcon. Miguel dit que de rater le premier coup avait du bon, au fond. Comme ça, ils savaient que personne ne rôdait aux alentours. Mais le reste de la troupe ne partageait pas son optimisme. Valait mieux s'en assurer par des moyens traditionnels, par exemple briser l'ampoule d'un lampadaire. Si cela n'attirait pas l'attention, c'est que vraiment la garde avait obtenu congé. Ils faisaient alors d'une pierre deux coups, si on peut dire, puisqu'ils éliminaient également l'éclairage qui aurait pu les révéler. Deuxième coup, l'ampoule du lampadaire explosa presque sans bruit, comme un mouchoir qui tombe par terre. De retour à plat ventre, ils rampèrent se mettre à l'abri sous des voitures stationnées en bordure du parc. Pour l'instant, une seule chose à faire : attendre, yeux écarquillés et oreilles tendus.

— Avez-vous entendu ? dit Andréa. Comme une plainte ou plutôt un beuglement.

Ils perçurent des mouvements dans l'autre gros bosquet plus loin, des branches bougèrent. D'où ils étaient cachés, sous les voitures, personne ne pouvait les voir. Ainsi, quand une tête se glissa subrepticement hors du feuillage de ce bosquet, ils ne furent pas détectés.

— Qu'est-ce qu'on fait ? chuchota Vincent.

Que se tramait-il dans ce bosquet ? C'eût été trop risqué de foncer voir. La raison leur commandait de demeurer à leur poste d'observation encore un peu. Patienter jusqu'à ce que les gens dissimulés dans les buissons décident de s'en aller. Le coin était connu pour ne pas être rassurant. Il pouvait s'agir de n'importe qui, de voleurs, de drogués…

— C'est peut-être des représentants du peuple des profondeurs venus chercher leur évadé ? proposa Miguel.

— Chut… murmurèrent ses amis, les yeux en l'air.

Quand ils entendirent tous clairement une nouvelle fois le beuglement, ils comprirent qu'aucun dieu n'avait de raison de se plaindre ainsi. À moins qu'il soit en danger ?

— S'ils sont habitués de vivre dans les entrailles de la Terre, peut-être que l'air pollué affecte leurs poumons? insista Miguel.

Charles sortit de sous la voiture. Peu importe ce qui se trouvait là-bas, les cris étaient ceux de quelqu'un en détresse et ils devaient tenter quelque chose pour le secourir.

— Et si c'est juste trois ou quatre malades en train de martyriser un chat?

— Peu importe, Vincent, on ne peut pas laisser faire ça, répondit Charles, fermement.

Au prix de se faire prendre pour avoir brisé l'ampoule du lampadaire et de peut-être ainsi mettre en péril leur mission de reconnaissance comme leur future expédition souterraine, les quatre amis s'amenèrent à pas de loup vers le bosquet. Plus ils se rapprochaient, plus les plaintes devenaient audibles. Les cris étaient gutturaux, comme pas humains. Mais ce n'était pas non plus ceux d'un animal. Par-delà les lamentations, le groupe maintenant plus près pouvait percevoir d'autres voix, se mélangeant à des rires étouffés. La chair de poule les envahit tous en même temps. Des images de films d'horreur fusaient en tous sens dans leur imagination.

Le feuillage des bosquets était serré, les quatre ne voyaient rien. Courageusement, la main tremblante, Charles écarta une branche, sans faire de bruit. Devant eux, de dos, trois adolescents se tenaient debout et riaient.

— En veux-tu encore?

— Dis-le que tu en veux encore.

— C'est bon, hein, t'aimes ça.

Ne sachant pas trop ce qui arrivait, mais convaincus qu'il leur fallait intervenir, nos quatre amis lancèrent en même temps : « Qu'est-ce que vous faites là ? » Surpris, les trois grands ados se tournèrent vers eux, laissant voir au passage un jeune garçon à genoux par terre derrière eux. La bande le reconnut. Il fréquentait leur école, était plus jeune qu'eux. Ils le connaissaient de vue seulement. En camisole et sous-vêtement, il grelottait. Il avait le visage sale, ses courts cheveux blonds en bataille et le tour de la bouche noirci d'on ne pouvait dire quelle matière visqueuse.

— Tiens, des amis du mongol ?

— Voulez-vous qu'on vous en fasse manger vous aussi ?

Les trois idiots de tortionnaires éclatèrent du même rire gras. L'un d'eux se pencha et ramassa à pleine main de la merde de chien.

— Qui a faim ?

Loin de se laisser démonter, Andréa sortit sa fronde qu'elle arma aussitôt d'une bille d'acier.

— Un petit dessert avec ça, messieurs ?

— Tu penses nous faire peur avec ta fronde, fillette ?

— Que vous ayez peur ou non n'est pas important, répliqua Andréa.

— C'est le résultat qui compte, conclut Charles.

Andréa tendait l'élastique de sa fronde à son maximum, tenant la bille d'acier dans son réservoir de cuir entre son pouce et son majeur. Elle visait à tour de rôle les trois adolescents.

— Tu ne tireras jamais, voyons.

— Et si ça se trouve, elle serait bien capable de nous rater, la petite, dit l'un d'eux en riant.

— Qui penses-tu a fait éclater le lampadaire de l'autre côté de la rue ? dit-elle.

Le silence revint, lourd de menaces, entrecoupé des sanglots du jeune garçon en sous-vêtements.

— Bah, de toute façon on vous le laisse. Il ne reste plus de merde à lui faire bouffer.

— Ouais, il a tout mangé, le gourmand.

— Et tu n'auras pas toujours ta fronde et tes amis pour te protéger. On se reverra… Andréa.

3

Le cercle

Maintenant toujours dans sa mire les adolescents qui s'éloignaient, Andréa ne desserrait pas les dents. Comment savaient-ils son nom? Lisant dans son regard, Miguel voulut la rassurer.

— Ils nous ont probablement entendus dire ton nom.

— Tu sais très bien comme moi que personne ici n'a dit le nom de l'un d'entre nous à aucun moment.

— Bizarre en tout cas, ajouta maladroitement Vincent, à donner froid dans le dos. On aurait dit des démons sortis de l'enfer. Vous avez vu leurs yeux? Rouges!

— Bon. Si on s'occupait plutôt du pauvre gars.

Charles, sans vouloir exercer d'autorité sur ses camarades, avait le profil du leader. Calme, réfléchi, il avait souvent le bon mot pour régler une situation ou encore détendre l'atmosphère. Ses amis répondaient naturellement à ses rappels à l'ordre, sans jamais se sentir dirigés. Il était la voix de la raison, tout en étant assez malin pour la faire mentir au besoin.

Le gamin avait quelque peu cessé de pleurnicher, se sentant peut-être sauvé d'un mauvais pas. Mais à ses yeux inquiets, Charles devinait qu'il n'était pas nécessairement rassuré. Quand Vincent voulut lui mettre une main sur l'épaule pour le réconforter, le jeune garçon recula sur ses genoux.

— On ne veut pas te faire de mal.

— Qu'est-ce que tu fais ici, tout seul? ajouta Miguel.

Pas de réponse. Miguel se dit que l'enfant avait peut-être besoin de se réchauffer et il voulut lui offrir son manteau. Cette fois, le gamin cria de toutes ses forces, de terreur, de hargne, on n'aurait su dire. Visiblement, le petit être était traumatisé. Pourtant, il les connaissait, de vue du moins. Ils fréquentaient tous la même école, même si le gamin était plus jeune qu'eux d'une année. Qu'est-ce que ces grands imbéciles lui avaient fait? Décontenancés, les quatre amis se regardèrent, ne sachant que faire pour l'aider.

Vincent vit les vêtements tachés de boue et déchirés accrochés aux hautes branches du bosquet. En sautant, il réussit à les attraper. Des yeux, il demanda au jeune garçon s'il désirait récupérer ses affaires. L'enfant fut pris d'un grelottement qui lui passa de la tête, aux épaules, aux bras, à l'abdomen pour aboutir aux jambes qui ne cessaient de trembler. Andréa prit les vêtements des mains de Vincent et les lança doucement aux pieds du garçon. Lentement, comme s'il avait peur d'un autre mauvais tour, pensèrent les quatre amis, ses mains agrippèrent son pantalon et son chandail de laine pour les serrer contre lui. Au moins, il pouvait se réchauffer un peu. Puis, il enleva sa camisole et s'essuya le tour de la bouche et les joues avec. Les adolescents avaient voulu lui faire manger des excréments de chien, mais le jeune avait résisté, les lèvres bien fermées, rien n'avait franchi sa bouche.

La bande de Charles savait que le jeune garçon n'était pas normal. Du moins, pas tout à fait comme eux. Pour quelqu'un qui ne l'aurait jamais vu, sa condition physique n'était pas apparente dans cette position toute recroquevillée. À voir sa façon de saisir ses vêtements, de se débarbouiller, les mains croches, on pouvait deviner son handicap. Sa manière aussi de les observer, avec ces drôles d'yeux. Sous l'éclairage de la pleine lune, sa peau paraissait avoir un reflet grisâtre et sa tête trop grosse pour son corps frêle. Leur observation fut interrompue par un énorme gargouillement en provenance du ventre du jeune garçon. Andréa sortit alors de sa poche une tablette de chocolat. Les yeux de l'enfant s'ouvrirent grand. Toujours craintif, il n'osait pas en demander. Andréa fit un pas en sa direction et cette fois, il ne recula pas. Mais Andréa décida de ne pas aller plus loin pour ne pas l'effrayer et lui lança doucement la tablette. Le gamin se saisit du chocolat qu'il dévora en quelques secondes. Un début de sourire s'accrochait à ses lèvres. « D'autres. » Les quatre valeureux fouillèrent leurs poches. Le gros Vincent avait toujours sur lui quelque chose à manger, en cas d'urgence. Non sans peine, il se sépara d'un petit gâteau à la crème et le donna à l'affamé qui l'engouffra aussitôt. « D'autres. » Tous les yeux se tournèrent vers Vincent, leur seule source de nourriture. Vincent n'avait pas du tout envie de se départir de sa ration de sucre. Mais ses amis se firent insistants. À regret, Vincent vida ses poches de ses victuailles sucrées aux pieds de l'insatiable. Quand il vit l'amoncellement de gâteaux, chocolats et autres denrées, le jeune garçon éclata d'un rire franc, enfin joyeux. Et à voir la mine déconfite de Vincent, ses amis pouffèrent aussi de rire.

— Ha, ha… très drôle.

— Dis-toi que c'est pour une bonne cause, lui dit Charles en souriant.

Le garçon se releva et commença à tenter de s'habiller. Ça n'avait pas l'air facile pour lui. Miguel voulut l'aider. « Capable. » Après quelques minutes, le pantalon fut enfilé, bientôt suivi du chandail. Puis, il étendit les mains vers les quatre, leur faisant signe de s'approcher. Là, c'était eux qui devenaient craintifs. Mais ils s'exécutèrent tout de même. Charles et Vincent lui prirent chacun une main, sans trop savoir dans quoi ils s'embarquaient. Le garçon intima à Andréa et Miguel de se joindre au cercle. Une chose bizarre se produisit. Andréa entendit le mot « ami » sans que les lèvres du garçon remuent.

Étonnée, Elle regarda ses amis et lâcha prise au même moment. Par quel prodige cela était-il possible? Le gamin rit de son drôle de rire. Un ventriloque? Les questions se bousculaient dans la tête d'Andréa. Avant qu'une réponse pût franchir sa raison, le jeune garçon se plaça au centre du cercle et dit le plus naturellement du monde : « Merci. » Andréa fixait la bouche du garçon. Oui, cette fois, ses lèvres avaient remué, il avait bel et bien parlé, sans tour de magie. Andréa se calma et se dit qu'elle avait sûrement rêvé. De la poche de sa veste, le jeune garçon retira une sorte de carton plastifié auquel était attachée une cordelette. Il se la passa autour du cou et montra à chacun en s'approchant d'eux ce qui y était écrit. Son nom, son adresse, sa date de naissance et deux numéros de téléphone. Il s'appelait Jacob Laurent, avait 11 ans et vivait lui aussi loin d'ici, tout près de chez eux en fait. Le carton semblait un truc officiel, avec le logo d'une fondation quelconque dont les jeunes ignoraient la signification. Jacob allait à la même école qu'eux, mais il était dans une sorte de programme d'intégration, c'est tout ce qu'ils savaient de lui. Charles prit alors la décision qui s'imposait. « Viens, on va te ramener chez toi. Tu comprends ? » Pour toute réponse, Jacob prit la main de Charles. Charles ressentit une étrange chaleur dans sa paume, dont il ne pouvait encore soupçonner les pouvoirs.

Ne voulant courir aucun risque, incapables de déterminer l'apparente maladie qui affligeait le jeune garçon, ils décidèrent de faire la route à pied, à côté de leur vélo.

Journal de bord

Après quelques jours, nous avons navigué dans le détroit qui sépare le Danemark de la côte scandinave. Nous avons fait escale dans une ville où nous n'étions jamais allés. Nous découvrions les plaisirs et surprises du voyage. Mon père était très content des revenus de notre dernière pêche. Nous pûmes alors faire des provisions supplémentaires et nous procurer plusieurs tonneaux d'eau potable. Nous nous sommes reposés un peu et ensuite nous sommes repartis le long de la côte vers l'ouest.

Lors des premiers jours, nous profitions d'une mer calme et de vents favorables. Ce n'est que plus tard que nous avons commencé à essuyer les « attaques » de gros morceaux de glace qui encombraient notre route. C'était vraiment la nuit le plus difficile. Nous devions nous relayer à la barre pour tenter d'éviter les icebergs. La fatigue nous gagnait et jouait sur notre moral. Une chance que notre bateau de pêche était petit, sinon nous n'aurions probablement pas trouvé notre chemin parmi le labyrinthe d'icebergs. Ces montagnes de glace *se présentaient en une succession infinie de palais de cristal, de cathédrales massives et de chaînes de montagnes fantastiques, sinistres et pareilles à des sentinelles, immobiles comme quelques falaises imposantes en roche solidifiée, se dressant silencieuses comme un sphinx, et résistantes aux vagues agitées d'une mer mouvementée.*

Olaf Olsen

4

Les dessins

Aucun des quatre amis ne s'attendait à ce que le voyage de retour vers la maison de Jacob soit difficile. Marcher près d'une heure à côté de leurs vélos n'avait rien d'une épopée. En principe. C'était avant de connaître les talents de chanteur tyrolien de Jacob. Comment ce petit être chétif et craintif avait-il pu se transformer en juke-box des Alpes suisses ? La bande a dû rapidement oublier la partie *passer inaperçu* de leur plan premier. Jacob s'égosillait depuis environ vingt minutes et déjà Vincent n'en pouvait plus. Il regrettait amèrement d'avoir tout donné sa réserve de victuailles sucrées au jeune soprano. La vue d'un Jacob, sans voix, la bouche remplie de ses petits gâteaux lui aurait bien plu en ce moment. Vincent n'était pas méchant, mais l'exaspération gagnait beaucoup de terrain dans sa tête. Germait dans son esprit l'idée d'un bâillon fait d'un bas sale trempé de sueur au fond de la bouche de Jacob.

C'est à ce moment, à cause de cette pensée de Vincent, qu'Andréa se tourna vers Vincent.

— Arrête de dire ça.

— Quoi ? J'ai rien dit !

— Essaie pas, on t'a entendu nous aussi, ajoutèrent Miguel et Charles, à la blague.

— Vous êtes fous, j'ai rien dit, s'offusqua Vincent.

— Bon, bien, arrête de dire ce que tu n'as pas dit, conclut Andréa.

Jacob arrêta de chanter. Il prit la main de Vincent et dit : « ami », en souriant. Les quatre camarades pensaient tous la même chose. Leur nouveau copain était pour le moins bizarre.

Arrivés devant l'adresse inscrite sur le carton autour du cou de Jacob, les amis se consultèrent du regard. Qui allait sonner chez lui ? Bien qu'aucun d'eux ne croyait convenable de laisser Jacob rentrer seul chez lui, sans explications à ses parents, ils se sentaient mal à l'aise à l'idée de préciser ce qu'eux aussi faisaient dehors passé vingt-deux heures. Peut-être même que les parents de Jacob voudraient téléphoner aux leurs pour les remercier ou leur dire de ne pas s'inquiéter de leurs bons enfants. Une situation qui les plongerait alors dans un grand embarras : devoir justifier leur sortie nocturne et donc leurs mensonges. Les compagnons n'eurent pas le temps de réfléchir à une solution que déjà la porte d'entrée s'ouvrait pour laisser place à la mère de Jacob, dévalant aussitôt les quelques marches, les bras grand ouverts à la rencontre de son fils. Pressant Jacob contre elle, les yeux rougis, le soulagement se lisait sur son visage. Vincent se serait attendu à une volée de claques, Andréa à un flot de cris, Miguel à un rude « bonsoir merci les garçons », puis à une crise de larmes une fois à l'intérieur. Seul Charles, l'unique enfant adopté du groupe, savourait le moment des retrouvailles entre une mère et son fils égaré. Ces deux-là étaient seuls au monde, se disait-il.

Sans dire un mot, les quatre amis se firent signe de la tête. Un bon moment pour partir, croyaient-ils. À peine s'étaient-ils retournés que le bruit de leur semelle faisant crisser le sable sur le trottoir rappela leur présence à la mère de Jacob.

— Les enfants, les enfants, ne vous en allez pas comme ça! Venez, rentrez un peu. J'ai fait des biscuits en espérant le retour de Jacob. Vous allez bien en prendre un peu?

— Ils sont à quoi, les biscuits? demanda Vincent.

— Idiot… lui dit Andréa, en même temps que Miguel lui donna un coup de coude.

— Mais non, ce n'est pas grave. Peut-être que votre ami souffre d'allergie aux arachides?

— Vous êtes gentille, Madame, mais Vincent souffre surtout du manque de chocolat, dit Charles.

— Tant mieux, dit-elle.

Sur ce, la mère de Jacob rentra à l'intérieur, son fils pressé contre elle. Les quatre copains n'avaient pas bougé. C'était en plein l'occasion pour filer vite fait. Ni vu, ni connu, le devoir accompli. Et surtout, leurs parents n'en sauraient rien. Mais, comment dire? Andréa, Charles et Miguel se sentaient redevables envers Vincent. Il avait sacrifié toute sa ration de sucre pour calmer un pur inconnu. Il y a des moments comme ça où même des héros doivent renoncer à leur propre bien-être au bénéfice de l'un des leurs.

— Merci, je vous revaudrai ça, dit Vincent, reconnaissant.

— Si tu réussis à nous laisser chacun au moins deux biscuits, on oublie ça, taquina son copain Charles.

L'odeur des biscuits frais les guida vers la cuisine au bout de l'étroit couloir. La mère de Jacob était en train de remplir des verres de lait. Instinctivement, Charles repéra les possibles issues de secours. C'était plus fort que lui. Ses années passées à écouter les films de l'espion James Bond lui avaient enseigné à échafauder des plans d'urgence en toute situation. Chacun ses lubies. Dans la cuisine, une porte menait vers ce qui semblait être une cour. Subtilement, Charles s'approcha de la porte vitrée. Petit soulagement, la cour ne comportait pas de clôture infranchissable. Advenant le cas, la fuite était possible de ce côté. Il essaya de tourner la poignée, vérification faite, la porte était fermée à clé. Au mur, un panneau de bois décoré de fleurs avec plusieurs clés sur les crochets. Le temps de trouver la bonne serait trop long, à moins d'un coup de chance. La porte d'entrée s'avérait alors leur unique chance de sortie rapide. Andréa et Miguel croisèrent le regard de Charles. Ils semblaient avoir compris le manège de leur copain. Stratégiquement, comme de vieux combattants d'élite habitués de faire face ensemble à toute éventualité, Miguel et Andréa se disposèrent dans la cuisine de façon à pouvoir organiser un sauve-qui-peut si jamais la situation le demandait. Rien ne semblait les pousser à douter des intentions de la mère de Jacob. Pourtant, ils goûtèrent leur biscuit et leur verre de lait du bout des lèvres, guettant le moindre frétillement de leurs papilles donnant le signal d'alarme d'un quelconque poison. Ils avaient vraiment trop d'imagination. Quoi qu'il en soit, demeurer sur leur garde paraissait le bon comportement à adopter pour l'instant. Sauf pour Vincent et Jacob qui engloutissaient les biscuits les uns après les autres, à la satisfaction de la cuisinière.

De façon inattendue, Jacob empoigna la main de Charles, comme s'il avait deviné ses réticences. Il invita les autres à le suivre jusque dans sa chambre. Et ce qu'ils virent à l'intérieur les figea sur place. Les murs étaient couverts de dessins de toutes sortes. Les membres de la bande avaient l'impression de se trouver devant une caverne préhistorique dont les parois auraient été toutes recouvertes de peintures rupestres. Le tout donnait à la chambre l'aspect d'une grotte secrète. Les amis pénétrèrent alors littéralement dans la chambre des mystères. Ils étaient complètement fascinés, autant par l'abondance des dessins que par l'évident talent s'étalant sous leurs yeux. Comment un jeune garçon comme Jacob qui souffrait manifestement d'un ou plusieurs handicaps avait-il pu accomplir pareil prodige? En y regardant de plus près, la sensation d'être au milieu d'une caverne d'un autre âge prenait son sens. Les dessins évoquaient réellement ceux des grottes préhistoriques. Avec tant de détails, ce n'était plus une question de talent. Celui qui avait fait ça ne pouvait être un enfant, aussi doué pouvait-il être, c'était impossible, ça dépassait leur entendement.

— *Je sais ce que vous pensez et vous avez en partie raison.*

Andréa ne savait plus si c'était la vue de cette chambre tapissée de représentations bizarres qui l'étonnait le plus ou cette voix déjà entendue plus tôt au parc? Une voix gentille, agréable, au timbre jeune, mais qui n'évoquait pas un enfant non plus. Une voix décidée, calme, qui ne voulait pas effrayer, mais qui en savait définitivement plus qu'eux.

— *Si vous avez peur, vous pouvez partir maintenant. Mais je sais que vous reviendrez. C'est vous que j'attendais.*

Suivant le conseil de la voix, qu'elle semblait être la seule à entendre, Andréa détala de la chambre à toutes jambes, dévala les escaliers quatre à quatre pour se retrouver au bas face à Irène, la mère de Jacob.

— Un problème ? questionna Irène.

Soudain prise d'une crise d'orgueil, ne voulant avouer sa peur irrationnelle de son fils à sa mère, Andréa ne savait plus quoi faire.

— Les toilettes ? demanda-t-elle.

La mère de Jacob lui indiqua le chemin, au bout du corridor, à droite, non sans plisser les yeux, fort intriguée par l'attitude de la jeune fille. Une fois la porte de la salle de bain fermée, Andréa poussa le loquet pour s'y enfermer. Assise sur le siège de la cuvette, elle tenta de reprendre ses esprits et d'analyser la situation. Elle était trop jeune pour devenir folle. Elle avait bel et bien entendu une voix dans sa tête, claire et nette. À l'expression sur le visage de ses amis, elle pouvait par contre penser qu'eux non. Venait-elle d'abandonner ses amis à leur sort ? Quelqu'un essayait d'entrer dans leur cerveau, c'était évident pour Andréa. Elle devait retourner là-haut pour aider ses amis. Sa seule inquiétude est qu'elle arriverait peut-être trop tard. Que faire si ses copains avaient été transformés en zombies ? Que faire contre la voix qui voulait s'insinuer aux commandes de leurs esprits ? Andréa n'en avait aucune idée. Elle se devait d'agir, peu importe comment, avant que l'issue ne devienne inéluctable. Andréa tira la chasse d'eau, glissa le loquet et ouvrit la porte, s'attendant au pire. À première vue, rien. Personne dans le corridor. L'oreille tendue, à l'affût du moindre bruit de détresse, Andréa avança sur la pointe des pieds. Évidemment, en montant les marches, même aussi délicatement que possible, l'une d'elle craqua, révélant sa présence dans l'escalier.

— Andréa?

Devait-elle répondre? Pouvait-elle encore jouir malgré tout d'un effet de surprise?

— Andréa, viens.

Ce n'était pas une voix dans sa tête. Soulagement. Elle avait reconnu le timbre de Charles. Puis aussitôt, de retour sur ses gardes. Si Charles était sous l'emprise de la voix? Ce pouvait être un piège? Son cœur battait la chamade, son pouls dépassait la limite permise, une goutte de sueur froide sillonnait son dos le long de sa colonne vertébrale. La meilleure défense étant l'attaque, Andréa ne fit ni une ni deux et elle escalada les dernières marches à la vitesse de l'éclair pour se retrouver au pas de course sur le seuil de la chambre de Jacob. Ses copains étaient tous là, sains et saufs, en apparence du moins. Pour l'instant, impossible de savoir quoi que ce soit sur leur état mental.

— Tu es bien essoufflée, remarqua Charles.

— Tu as couru? s'enquit Miguel.

— On dirait que tu as vu un fantôme! rigola Vincent.

Non, ses amis n'avaient pas changé. Pendant un moment, Andréa se mit à douter. Au fond, la fatigue, la faim et les émotions de la soirée, peut-être que son imagination fertile lui avait joué des tours. Comment demander à ses camarades si eux aussi avaient entendu la voix sans se couvrir de ridicule jusqu'à la fin de ses jours si cela ne s'avérait pas le cas? Profil bas, se dit Andréa.

— Regarde les dessins de Jacob, dit Charles. L'homme dans la caverne, ici, il ressemble en plein au gars que j'ai vu à la télévision, celui qu'on a retrouvé cet après-midi !

Effectivement, la ressemblance était frappante.

— Sa mère nous a dit que ça fait longtemps, des mois, que Jacob a commencé à dessiner des cavernes et tout ça, ajouta Miguel.

Qu'est-ce que ses copains essayaient de prouver ? Qu'un gamin handicapé avait pu dessiner lui-même ces œuvres d'art ou qu'il avait dessiné des mois à l'avance le rescapé de la grotte de cet après-midi ? Quant à elle, ni l'un ni l'autre ne trouvait de sens à ses yeux. Andréa se braqua dans une attitude défensive que ne comprenaient pas ses amis.

— Ça ne veut rien dire tout ça, dit-elle.

— Mais voyons ! Jacob a dessiné l'évadé de la grotte des *mois* avant, c'est quand même incroyable, dit Vincent.

— Le mot est juste : incroyable, nota Andréa toujours incrédule.

— Il faut aller voir le rescapé de la grotte avec ces dessins. Tu vois celui-là ? Cette sorte de clé avec des pierres de couleur… c'est trop bizarre. Je suis sûr que ça veut dire quelque chose, dit Charles.

— Oui, par exemple que vous êtes tous sous l'emprise de la voix, fit Andréa.

— La voix ? Quelle voix ? s'étonnèrent les garçons en chœur.

5

La voix

Ça y était. Andréa avait lâché le morceau. Comment s'en sortir maintenant? Manifestement, ses amis ne savaient pas du tout à quoi Andréa faisait allusion.

— Me dites pas qu'aucun d'entre vous n'a entendu la voix dans sa tête?

— Voyons, Andréa, de quoi tu parles? répondit Vincent.

De deux choses l'une : soit ses amis jouaient un jeu, soit ils étaient vraiment sous l'emprise de la voix. Andréa ne voulait croire à aucune des deux hypothèses. Depuis les années que ses camarades et elle étaient amis, la franchise avait toujours été un des éléments clés de leur relation. Finalement, un seul choix logique s'imposait. Ses copains n'avaient vraiment pas entendu la voix. Certaine de ne pas être folle, Andréa ne parvenait pas à s'expliquer ce qui était arrivé. Frondeuse comme à son habitude, Andréa décida de confronter Jacob.

— Répète-leur ce que tu m'as dit.

Seule Andréa la vit. Une vive lueur émana du creux des paumes de Jacob. Une boule de lumière se forma entre ses mains. Ses doigts entouraient la source lumineuse qui flottait au milieu. Puis, Jacob referma sa main droite, l'emprisonnant.

Et là, le temps s'arrêta.

Tout autour d'elle, Andréa voyait les gens et les choses figés dans l'espace. Le mouvement du bras de Charles, son index qui s'apprêtait à se lever, sa bouche à peine ouverte sur son souffle. La poussière miroitait sous l'éclairage de la lampe du bureau de Jacob en un fin nuage d'habitude imperceptible. Les regards de ses amis, tous posés sur elle, comme des statues de cire trop réelles. Jacob se détacha de cette nature morte, maintenant toujours la sphère illuminée dans son poing fermé, et prit de son autre main celle d'Andréa si doucement qu'elle n'opposa aucune résistance. Ils contournèrent les garçons, prenant bien soin de ne pas les toucher, comme dans un parcours à obstacles fragiles, au ralenti. S'assoyant sur le lit, Andréa ne comprenait pas du tout ce qui se passait et se demanda un instant si elle était morte lorsqu'elle entendit la voix de Jacob dans sa tête :

— Non, Andréa, tu es bien vivante. J'ai simplement arrêté le temps.

— « Simplement » ? Comment tu peux faire ça ? C'est impossible ! Mes amis… ils sont comme… figés !

— Sois sans crainte. Ils vont bien.

Il émanait une telle douceur et tant de chaleur de Jacob qu'Andréa ne pouvait faire autrement que sentir son cœur rassuré, même si sa tête fonctionnait à plein régime.

— Tu as vraiment arrêté le temps ? reprit-elle.

— Oui, mais je ne peux pas le faire sur une longue période. Les dangers seraient trop grands. C'est pourquoi je vais essayer d'être bref.

— Qui es-tu vraiment pour être capable de tel prodige?

— Tout ce que je peux te dire c'est que je suis un ancien habitant de la Terre.

— Ancien?

— Oui, très ancien.

— On se parle sans que nos lèvres remuent?

— Tu es douée, Andréa. Tes amis aussi. Mais ça va être un peu plus long pour eux avant que leurs pouvoirs ne se réveillent.

Les autres n'avaient pas entendu la voix de Jacob, mais avaient ressenti ses émotions bienveillantes, comme il s'y était attendu. Cela leur avait été suffisant pour lui témoigner leur confiance.

— Tu veux dire que nous avons tous des pouvoirs endormis en nous?

— En quelque sorte, oui. C'est comme pour une ampoule. Elle a le pouvoir d'éclairer, mais sans énergie, sans électricité, son pouvoir reste invisible.

— Et tu es notre électricité?

— Je suis plutôt comme une génératrice. Je fais fonctionner, circuler l'énergie.

— Quels autres pouvoirs avons-nous?

— Tu verras bien en temps et lieu. Ce n'est pas aussi simple que ça en a l'air. Les pouvoirs ne se donnent pas, ils se manifestent au besoin, au mérite.

— Au mérite?

— Oui, il ne suffit pas de souhaiter. Beaucoup de gens sur la Terre se partagent certains pouvoirs, d'autres essaient de les obtenir, de les voler. Votre voie sera celle du mérite.

— Je ne comprends pas. Pourquoi ces épreuves ?

— Ce ne seront pas des épreuves, mais des missions. Des missions que je devais moi-même remplir. Je me suis cette fois malheureusement incarné dans un corps malade, limité. Je ne peux pas accomplir seul ma charge. J'ai besoin de vous.

— Pourquoi nous ?

— Je ne suis pas élève dans votre école par hasard. Ça fait longtemps que je vous observe. Plus longtemps que tu ne peux l'imaginer. Vos nombreuses aventures jusqu'ici vous ont en quelque sorte préparés à ce qui arrive finalement aujourd'hui. Je vous ai choisis parce que vous avez quelque chose de rare et de précieux qui vous unit. C'est d'ailleurs le premier pouvoir qui vous est accordé. Peu importe la distance, vous allez toujours être en contact.

— Mais les autres n'entendent pas la voix.

— Ils l'entendront quand ils seront prêts à l'accueillir, à l'accepter.

— Quand ?

— Plus rapidement que tu ne le crois.

— Mais… C'est tellement…

— Je sais. Difficile à croire, à comprendre. Je ne te demande pas ça aujourd'hui. D'ailleurs, tout ce que nous venons de nous dire, tu devras en garder le secret. Jusqu'à ce que tes amis soient prêts. En seras-tu capable ?

— Euh… oui, mais pourquoi ?

— Premièrement, tes amis ne te croiraient probablement pas.

— Tu serais surpris ! dit-elle en souriant.

— Et deuxièmement, ajouta Jacob, ça risquerait de tout gâcher.

— Tout gâcher quoi? Tu ne peux pas me demander de garder un secret envers mes amis, voyons! Pourquoi je ferais ça? Surtout si ça les implique. Ce sont mes meilleurs amis! Et puis... c'est trop extraordinaire! Comment je vais faire pour tenir ma langue?

— Me serais-je trompé sur ton compte?... demanda Jacob, en jouant un brin la comédie. Vas-tu me laisser tomber?

Andréa détestait qu'on la mette au défi. Elle ne pouvait tolérer qu'on doute de ses capacités. Rusé, Jacob l'avait bien senti.

— Est-ce que je peux compter sur toi?

— Bon, OK, dit-elle, presque à contrecœur.

— Promets-le-moi, c'est important.

— Promis.

— Merci. Je savais pouvoir te faire confiance, dit-il, sourire en coin.

— Qu'est-ce que je dois faire d'ici à ce que mes amis aient aussi développé leur don?

— Écoute ton intuition. Je serai là.

— Mon instinct?

— Non, ça, c'est la partie animale de l'homme. L'intuition, c'est comme la petite voix qui te dit de recommencer ton devoir. C'est la petite voix qui te dit de ne pas aller dans tel endroit, de ne pas parler à tel étranger, qui t'éloigne des mauvais pas, sans que tu saches pourquoi. La petite voix, c'est comme la faible lumière provenant du trou de la serrure de la porte menant vers un autre monde.

Andréa aurait bien voulu prendre le temps de réfléchir à tout ça. Quand Jacob se leva, elle savait que l'entretien était terminé. Elle avait pourtant encore tant de questions à poser.

— Une dernière question…

— Fais vite, le temps nous est compté.

— Et notre première mission, ce sera quoi ? Comment on va le savoir ?

Jacob sourit. Il libéra la boule lumineuse.

Et le temps revint.

Juste avant que le temps ne se fige, Charles allait poser une question à Andréa. Et quand il voulu la formuler, Andréa n'était plus devant lui, mais assise sur le lit.

— Mais… Tu étais… Voyons, tu n'étais pas devant moi y a deux secondes, toi ? s'étonna Charles.

— On dirait bien que non, répondit-elle.

— Bon, de toute façon. De quelle voix tu parles, Andréa ?

— De celle qu'il faut écouter.

— Quoi ?

— Tu as raison, Charles, dit Andréa. Je ne pourrais pas dire pourquoi… mais je crois que tu as raison. Il faut montrer les dessins de Jacob au rescapé de la grotte. Ça veut sûrement dire quelque chose. Nous ne sommes pas ici pour rien. Pas vrai, Jacob ?

Jacob sourit, sans rien dire.

— Demain matin, nous irons tous avec Jacob à l'hôpital rencontrer le vieil homme, conclut Charles. On se donne rendez-vous ici. D'accord, Jacob ?

— Vais vous attendre.

— Je peux garder les dessins ?

Jacob acquiesça.

— Faites attention…

Sans le savoir, les quatre amis venaient de s'embarquer dans une aventure dont ils ne pouvaient encore deviner les implications.

Journal de bord

Mon père m'a réveillé en sursaut. Nous dormions enfin paisiblement après les difficultés rencontrées au cours des derniers jours de notre périple. Des morceaux de glacier errants ont bien failli percer définitivement la coque de notre frêle esquif. En fait, si je n'avais pu réparer les dégâts aussi rapidement sur la membrure, je ne sais pas si je serais encore ici pour écrire. Pour ne pas courir de risques, nous avions décidé d'effectuer des tours de garde la nuit. Mais cette nuit, épuisé, je me suis endormi à la tâche. Quand mon père a crié dans mon sommeil, je croyais que c'était la fin pour nous. Heureusement, il ne s'agissait que d'un mauvais rêve. Mais lui prétend que les dieux lui ont parlé. Odin lui-même s'est présenté en songe à mon père. Papa ne parvenait pas à se souvenir clairement de son rêve qu'il persiste à nommer révélation. Odin lui aurait pris la main pour l'entraîner en secret dans un endroit à l'abri des regards donnant sur son trône, sur la place de Hlidskjalf, au centre de la ville d'Asgard, la cité des dieux. Sans remuer les lèvres, Odin aurait fait comprendre à mon père que le personnage inquiétant assis sur son trône avait pris le pouvoir de la cité. L'homme portait un uniforme, mais avait une tenue tellement débraillée qu'il n'a pas su en reconnaître l'origine. Quoi qu'il en soit, depuis ce présage, mon père est convaincu que notre aventure a dorénavant un sens plus grand qu'on aurait pu s'y attendre. Selon lui, Odin lui-même, le père de tout, est venu lui demander notre aide. Notre expédition tourne maintenant en mission. Je ne sais pas si c'est une bonne chose. Mon père scrute le ciel à la recherche de signes. Je vais devoir veiller sur lui.

Olaf Olsen

6

La caverne

Sur le trottoir, devant la maison de Jacob, Charles regardait les dessins du jeune garçon. Ses amis devinaient ce qu'il avait en tête.

— Qu'est-ce qu'on fait maintenant? dit Charles.

Le désir d'explorer la caverne battait dans ses veines.

— Je pense qu'on devrait attendre à demain, dit Vincent.

— Moi aussi, ajouta Miguel.

— Vous ne voulez pas savoir ce qui se cache au fond de la grotte? s'étonna Charles, déçu de ses camarades.

— Oui, mais je pense qu'on devrait attendre d'en savoir plus avant de s'aventurer, répondit Miguel.

— C'est vrai ça, dit Vincent. Le rescapé de la grotte va sûrement nous apprendre des choses importantes.

— Comme quoi? demanda Charles.

— Je le sais pas, justement, répondit Vincent. Et c'est pour ça qu'on devrait plutôt être prudents.

— Je vous reconnais pas, les gars, dit Charles en secouant la tête. Regardez les dessins! Y a une clé cachée au fond de la grotte. Une clé qui ouvre peut-être une porte vers… je sais pas… un monde souterrain! Et vous voudriez attendre à demain?

— Ouais… mais si les dessins n'ont rien à voir avec la caverne Saint-Léonard? questionna Vincent.

— C'est peut-être d'une autre grotte qu'il s'agit? ajouta Miguel.

— Justement. Pourquoi ne pas aller vérifier ça tout de suite? insista Charles. Dites-moi pas qu'on a tout préparé notre expédition pour la remettre à plus tard! Andréa, tu dis rien?

Cela lui brûlait la langue, mais Andréa se retint. Elle garda le secret de son entretien avec leur mystérieux ami.

— Je sais pas… Je trouve que vous avez tous les trois raison. Mais… ça me démange vraiment de savoir ce qui se cache peut-être au fond de cette grotte. Pas vous, les gars?

— Ben oui, c'est sûr, répondirent en chœur Vincent et Miguel.

— Bon! Qu'est-ce qu'on attend? On y va! conclut Charles.

La porte d'entrée de la bâtisse abritant la caverne avait été cadenassée. Une lourde chaîne enroulée autour des poignées empêchait d'ouvrir les portes qui avaient été enfoncées par l'équipe de secours afin de pénétrer pour secourir le vieil homme prisonnier à l'intérieur. En forçant un peu, on pouvait entrebâiller les deux portes, suffisamment pour y passer une main, mais sans plus. C'était bien ce que la troupe avait espéré. Leur ami Vincent avait pris soin de se munir des cisailles de son père, conçues pour couper les chaînes et cadenas les plus récalcitrants. Il sortit de son immense sac à dos son outil aussi long que lourd. Le père de Vincent était policier et on pouvait trouver chez lui toutes sortes d'objets très utiles pour ce genre de situation. Vincent avait aussi emprunté une sorte d'instrument servant à déjouer les serrures. Quoique très efficace, l'instrument requérait un certain entraînement avant de penser en maîtriser son utilisation. Quand les copains de Vincent évoquaient son père policier, c'était chaque fois avec envie et fierté. Courir après les bandits, risquer sa vie, protéger les gens, ils trouvaient Vincent très chanceux d'avoir un presque héros pour père. Mais ce que Vincent se gardait bien de révéler, c'est que son paternel ne pourchassait jamais aucun malfaiteur. À moins de considérer les automobilistes n'obéissant pas à son sifflet d'agent de la circulation comme de dangereux criminels. Chacun ses secrets… Vincent préférait nourrir le mythe d'histoires d'arrestations rocambolesques qui avaient le don d'émerveiller ses camarades. Ses récits abracadabrants soulevaient bien parfois quelques doutes. Aucun de ses amis ne relevait jamais certaines invraisemblances. Peu leur importait, au fond, de savoir si ce que racontait Vincent était vrai ou pas. Jamais ils n'auraient voulu blesser leur ami en le traitant de menteur à ce sujet. Le père de Vincent faisait partie de leurs légendes. Il était pour eux aussi réel que nécessaire.

Vincent dut s'y prendre à quelques reprises avant de finalement voir céder un des maillons de la grosse chaîne. Certes, leur camarade était le plus fort d'entre eux, et de loin. Il blaguait souvent à ce sujet, attribuant sa force naturelle à ses cheveux bouclés, tel Samson le héros mythique qui ébranla les colonnes du temple de ses seules mains. Jetant un dernier coup d'œil alentour, les intrépides s'engouffrèrent à l'intérieur de la caverne, ni vus ni connus. Une fois les portes refermées, dans le hall d'entrée la noirceur se jeta sur eux, les enveloppant de son manteau de nuit. Charles alluma sa lampe frontale collée grossièrement sur son casque de construction avec un large ruban adhésif gris métallique. Ses copains derrière lui, en file, il prit la tête du groupe en éclairant la voie. On aurait dit un train silencieux perçant lentement les ténèbres.

Au bout du corridor, après la salle de projection, la minuscule entrée de la caverne s'ouvrait sur une salle rectangulaire d'environ deux mètres de hauteur sur trois mètres de largeur et treize mètres de longueur. Longue de trente-cinq mètres au total, environ la moitié d'un terrain de football, avec une dénivellation de huit mètres, une pente aussi abrupte qu'une maison à deux étages. L'atmosphère était lugubre à souhait. Seul le faible faisceau lumineux de la lampe frontale de Charles les gardait en contact avec la réalité. Craignant à tout moment de voir surgir une créature diabolique, un tas de pierres s'animer soudainement devant eux, tel un golem envoyé les exterminer, les garçons franchissaient à petits pas dans l'inconnu le chemin vers le fond de la caverne. Les jeunes aventuriers avaient l'impression d'être au bout du monde. Malgré leurs craintes, les apprentis spéléologues arrivèrent au fond de la grotte sans encombre. Un puits d'une profondeur de cinq mètres s'y trouvait. Facilement accessible grâce à la présence d'échelles fixes. Ils avaient beau ne pas vouloir y songer, mais des visions de passage vers l'enfer les submergeaient. « Voilà ce qui arrive quand on a trop d'imagination », se dirent-ils, tentant de se raisonner.

— Qui va descendre le premier ? demanda Charles.

Aucun n'avait envie de jouer au brave. Naturellement, ils se tournèrent vers Charles. Pourtant, leur copain leur avait déjà parlé de sa peur panique du vide. Se tenant à au moins un mètre du bord du trou, Charles ne s'imaginait assurément pas descendre l'échelle du puits, encore moins dans cette noirceur qui semblait vouloir les avaler. Comme si un monstre géant des profondeurs avait posé là une échelle exprès menant au fond de son estomac.

— C'est toi qui as la lampe, dit Vincent à l'intention de Charles.

— Oui, mais c'est Miguel le plus habile, non ?

— Aurais-tu peur ?… sourit Andréa.

— Peur ? bredouilla Charles. Non, non, voyons. Je pensais juste envoyer la meilleure personne pour la situation. Mais si avez tous confiance en moi…

L'orgueil l'emporta finalement sur la frayeur. Avec beaucoup d'appréhension, Charles commença sa descente, habité d'un obscur pressentiment. Son esprit luttait contre un bombardement d'images de lui tombant au fond du puits. Un barreau à la fois, il prenait soin de s'assurer que ses pieds avaient une bonne prise avant de poursuivre. Rendu environ à la moitié du parcours, l'inconcevable se produisit. Sa lampe frontale s'éteignit. Ses amis n'eurent même pas le temps de lui demander s'il allait bien que déjà le bruit d'une chute leur fit douter du pire.

— Charles ? Ça va ? lança Miguel.

Pas de réponse.

— Charles ? Tu t'es fait mal ?

Pas de réponse. La panique les grugeait.

— Charles! Réponds! Es-tu blessé? cria Vincent.

— Écoutez… Je pense que je l'entends respirer, dit Andréa.

Se jetant à plat ventre au bord du trou, les trois tendirent l'oreille. Ils entendaient effectivement un bruit. Ça pouvait bien être le vent comme le souffle d'une bête endormie. Leur ami était-il encore vivant? Ils ne voyaient absolument rien au fond du puits. L'envie de se blâmer l'un l'autre les rongeait. Ils savaient tous que Charles avait le vertige. C'est Miguel qui aurait dû effectuer la descente, c'était lui le plus habile. Mais c'était Charles qui avait la lampe frontale. Miguel aurait pu insister. Inutile de chercher un coupable. Valait mieux concentrer leurs énergies à trouver une solution. Charles ne répondait toujours pas à leurs appels. Ils ne savaient pas si Charles était tombé à cause d'un barreau défectueux ou simplement parce qu'il avait pu être surpris, terrifié, de voir sa lampe frontale s'éteindre sans avertissement au milieu du parcours. Pour l'instant, l'idée d'appeler du secours était écartée. Quelque chose en eux leur disait qu'ils devaient poursuivre leur mission, en dépit de la possibilité d'un incident tragique. Au fond, ils refusaient d'accepter que leur camarade puisse être mort, c'était impensable. La logique commandait de descendre. Il n'y avait pas d'autres solutions. Dans le noir total, ne risquait-il pas de leur arriver la même chose si Charles avait effectivement chuté à cause d'un barreau, voire plusieurs, brisés ou manquants? L'inertie les gagnait. Dans un sursaut, Andréa décida d'agir. Il fallait sauver leur ami. Même si cela revenait à risquer sa vie. Leur amitié était de cette étoffe.

— Qu'est-ce que tu fais? s'affola Vincent.

— Je descends, dit-elle.

— On ne voit rien! objecta-t-il.

— Moi je le vois, au fond. Pas vous?

— On ne voit rien du tout! contesta Miguel.

— Je vous dis que je le vois.

Andréa eut soudain un doute. Imaginait-elle son copain au fond du puits, le voyait-elle vraiment? Ses sens ne pouvaient la tromper à ce point. Le plus étrange, c'est qu'elle avait l'impression de regarder au travers de jumelles à vision nocturne. Ce n'était pas Charles qu'elle voyait, mais l'image de la chaleur de son corps. Une forme rouge recroquevillée au fond du trou. Ses yeux s'étaient habitués à la noirceur, voilà tout, se disait-elle. Un œil normal bien adapté à la vision nocturne est capable de voir des étoiles de sixième magnitude. Avec un ciel de très bonne qualité, certains voient à l'œil nu des étoiles de magnitude supérieure à 7. Mais pour Andréa, c'était autre chose qu'une phénoménale adaptation à l'obscurité. Là où elle aurait dû à peine distinguer les objets devant elle, elle voyait les barreaux aussi clairement qu'en plein jour ou presque. Seul détail, ils lui apparaissaient bleus. Au lieu de s'en inquiéter, cela l'amusa. Sans le savoir, Andréa venait d'hériter de son premier don. Jacob avait parlé de pouvoir obtenu au mérite. Au péril de sa vie, Andréa avait manifesté du courage là où plusieurs s'en seraient remis à la fatalité. Sauver la vie de son ami, là tout de suite, voilà ce qui importait. Alerter les secours puis attendre leur venue, eux qui arriveraient peut-être trop tard, était hors de question. Andréa n'agissait pas en héroïne, mais en amie fidèle, à la vie, à la mort.

Descendant les barreaux lentement, un à un, Andréa se sentait guidée. Une force tranquille l'habitait, doublée de la conviction d'effectuer le bon geste. Arrivée au milieu du chemin, à l'endroit où Charles avait perdu pied, Andréa remarqua de l'eau sur un barreau. Charles, une fois dans le noir, n'avait pu voir l'eau et avait probablement glissé. Andréa fit part de sa découverte à ses camarades. Rassurés puis stimulés par le courage de leur amie, Miguel et Vincent descendirent à leur tour l'échelle à tâtons dans le noir, pilotés par la voix d'Andréa. Une fois rendus près des barreaux glissants, Andréa les en informa. Ils purent ainsi tous descendre les derniers échelons.

Arrivés en bas, ils eurent la surprise de retrouver Charles assis, grognant quelque peu de douleur.

— Qu'est-ce qui est arrivé? demanda Vincent.

— Je sais pas, j'ai glissé, je pense. Et ma lampe est foutue, on dirait.

— Attends, passe-la-moi.

Vincent s'y connaissait en mécanique de toute sorte. Il était du genre à démonter un grille-pain, ou une tondeuse, juste pour voir comment ça marchait. Vérifier une lampe de poche n'avait pas de secret pour lui, il aurait pu le faire les yeux fermés. Tel un aveugle, du bout des doigts, Vincent tâta l'objet. Le boîtier de la lampe avait été fracassé dans la chute, il y manquait une pile. Heureusement, elle n'était pas tombée bien loin. En riant, Charles tendit la pile qui s'était faufilée, on ne sait comment, dans la poche de sa veste. Sauvés, la lampe fonctionnait encore.

Mauvaise nouvelle. À la lumière de la lampe, ils se rendirent compte que Charles était couvert de sang. Son avant-bras droit ruisselait du liquide poisseux. La veine avait été ouverte par l'une des aspérités tranchantes d'un des barreaux alors que Charles avait tenté de s'y agripper dans sa chute. Il fallait agir vite. Charles avait déjà perdu beaucoup de sang. De toute évidence, Andréa avait bien fait de descendre sans attendre d'éventuels secours. La veine de l'avant-bras était l'une de celles dont le flot sanguin est le plus abondant. Sans perdre de temps, Miguel déchira un bout de son t-shirt et fit un garrot autour de la blessure pour stopper l'hémorragie. Vincent fouilla dans le sac de Charles et trouva sa trousse de premiers soins. Il réussit à panser adéquatement la plaie. Le sang avait maculé les bandages, mais Charles était tiré d'affaire.

— On continue? demandèrent ses amis.

7

C'est une carte

Malgré la gravité de sa blessure, Charles voulait continuer leur exploration. Après que chacun se fut assuré que le sang ne s'écoulait plus de la plaie de leur ami, vérifiant les bandages, il fut convenu que le choix de poursuivre la mission ou non revenait à Charles. S'il désirait mettre un terme pour ce soir à l'aventure, ce serait une sage décision. Valait certainement mieux voir un docteur, on ne sait jamais. La veine avait bien pu avoir été sectionnée plus profondément qu'elle ne leur était apparue. Charles se sentait bien, secoué, mais parfaitement capable de continuer. Le sang ne coulait plus et demain ils se rendraient tous à l'hôpital de toute façon voir le rescapé de la grotte. Il en profiterait pour rencontrer un médecin, s'il le fallait. Non sans inquiétude, ses camarades acquiescèrent à sa demande. Les trois ne savaient pas si Charles agissait par bravade ou par courage. Ce n'était pas son genre de courir des risques inutiles ou de prendre des décisions sans réfléchir. Sans doute allait-il vraiment bien. Ils chassèrent leurs doutes sur la condition de leur ami.

Et maintenant? Les jeunes aventuriers se retrouvaient au fond d'un puits profond, sans issue apparente. Avaient-ils fait tout ça pour rien? Le ridicule de la situation doublé des dernières tensions les poussèrent à rire nerveusement. Poursuivre quelle exploration? Toute cette histoire ne semblait rimer à rien. Pas de trou ou de porte secrète dans les alentours. Ils décidèrent de rebrousser chemin. Vincent ramassait tranquillement les affaires sorties du sac à dos de Charles répandues par terre quand Andréa l'interrompit net.

— Attends! dit-elle.

— Quoi?

— Le dessin. Passe-moi le dessin où il y a la clé.

— Qu'est-ce qu'il a, le dessin? dit Vincent en fronçant les sourcils.

— Vous ne voyez pas?

— Non, quoi? répondit Vincent en regardant les autres tout aussi dubitatifs.

— Ce n'est pas un dessin.

— C'est quoi alors? Une peinture?..., se moquèrent-ils.

— C'est une carte, affirma-t-elle.

— Une carte? dit Miguel, intrigué.

— Oui, regardez!

Les garçons avaient beau se forcer les yeux dans la pénombre, pour eux le dessin n'était rien d'autre qu'une représentation des parois d'une caverne. Semblable à celle-ci, certes, mais semblable à n'importe quelle autre grotte aussi.

— Là, sur le dessin, vous voyez? triomphait Andréa. Pareil que sur le mur, là.

— Mais de quoi tu parles, Andréa? Il n'y a rien... dit Vincent en secouant la tête.

Après un moment de silence, devant les sourires moqueurs de ses amis, Andréa prit une grande respiration et décida de leur révéler ce qui allait peut-être la couvrir encore plus de ridicule à leurs yeux pour les années à venir.

— Je sais que ça va vous paraître bizarre, impossible. Faites-moi confiance. Je ne suis pas folle et je n'essaie pas de vous mener en bateau.

Andréa était passée maître dans l'art de raconter des histoires invraisemblables et de les faire passer pour des vérités historiques. Ses amis étaient bien au courant de ses talents. Ils avaient déjà assisté au spectacle de leur amie se sortant de mille situations embarrassantes, impliquant ses parents ou professeurs, avec une anecdote croustillante tout droit sortie de sa vive imagination. En matière d'excuses farfelues, mais plausibles, leur copine Andréa faisait figure d'autorité.

— Je vous jure, cette fois c'est vrai !

— Tu dis ça à chaque fois, s'esclaffèrent-ils.

— Parfait. Vous voulez des preuves ? Charles, éteins ta lampe et dispersez-vous. Je vous jure que je vous retrouve à l'instant même.

— Est-ce que tu essaies de nous dire que tu vois dans le noir comme en plein jour, c'est ça ? dit Charles, avec l'envie d'y croire.

— Oui.

— Andréa… Vraiment, tu es formidable, ne put s'empêcher de dire Vincent, un brin moqueur.

— Éteignez la lampe, vous verrez. Enfin, moi, je vous verrai.

— Bon, faisons-lui plaisir, comme ça se sera vite terminé. Madame voit dans le noir… railla Vincent.

Charles éteignit sa lampe pendant que ses amis riaient sous cape en se dispersant dans le puits. Sans aucune hésitation, Andréa retrouva chacun de ses incrédules camarades dans le temps de le dire.

— Comment est-ce possible? s'exclama Charles, heureux que son amie ait dit vrai.

— Je ne sais pas. Tout ce que je sais, c'est que je vous vois clairement. Pas comme en plein jour, mais comme au travers de jumelles à vision nocturne. On peut recommencer, si vous ne me croyez pas.

— C'est extraordinaire, dit Vincent, subjugué.

La stupéfaction se lisait sur les visages devant la démonstration du nouveau pouvoir d'Andréa. Ils étaient trop médusés pour pouvoir penser.

— Je pense que ça a quelque chose à voir avec Jacob, dit soudainement Andréa, faisant sortir ses amis de leur torpeur.

— Jacob? Comment ça? demanda Charles.

— C'est difficile à dire. Comme quelque chose que je sens. Sans pouvoir l'expliquer.

Andréa fut soulagée d'avoir eu au dernier moment la présence d'esprit de ne pas révéler le secret de son entretien avec Jacob. Elle n'aimait pas jouer la cachottière, mais Jacob lui avait fait promettre. Peut-être y avait-il là une explication, mais elle était tout sauf rationnelle. Andréa montra le dessin de Jacob et leur indiqua ce qu'eux ne pouvaient apercevoir. Là, sur les murs, partout autour d'eux, Andréa voyait des symboles étranges. Les mêmes que ceux du dessin, invisibles aux yeux de ses copains. Ils voulaient bien croire Andréa, mais l'impression de nager en plein délire était tenace. Quoi qu'il en soit, les visions d'Andréa étaient la seule piste qu'ils avaient. Autant vérifier ses dires.

— On dirait une espèce de carte, dit-elle.

— Qui mène où? questionna Vincent.

— Mystère…

Les garçons, selon les indications d'Andréa, conclurent qu'ils étaient devant une sorte de puzzle. Il devait y avoir une logique derrière ces symboles. Par quoi commencer? Devaient-ils essayer de comprendre la signification de chacune des formes, comme un alphabet inconnu qui une fois les symboles mis ensemble leur révéleraient un nom, une phrase, un chemin à suivre? Selon Andréa, les signes étaient disposés aux quatre coins du puits, se faisant face, en croix. Andréa traça les signes qu'elle voyait sur le dessin.

C'était à n'y rien comprendre. Ils reconnurent la lettre M, S, puis un signe de flèche vers le haut. Il y avait aussi deux N. Mais était-ce vraiment des lettres d'un alphabet inconnu? Peut-être devaient-ils plutôt se concentrer sur une formule mathématique? Il devait y avoir une certaine logique dans la disposition. Trois, cinq, trois, quatre. Ou l'inverse? Une suite de nombres, une équation? Trois plus deux, moins deux, plus un. Vincent et Miguel se placèrent sous les deux signes qui comportaient chacun une flèche. Ils regardèrent vers le haut à l'aide de la lampe, examinant la paroi à la recherche d'ils ne savaient quel indice. Rien. Charles eut alors une idée.

— Andréa, pourquoi tu as dit que le dessin était une carte ?

— Je ne sais pas. J'ai vu les symboles, puis les mêmes sur les murs, je me suis dit que le dessin voulait nous indiquer quelque chose en tout cas, comme une carte. Je ne vois pas d'autres explications.

— Si c'est une carte, peut-être que ces figures représentent les quatre points cardinaux ?

— Mais oui ! cria Vincent. Est, ouest, sud, nord. C'est ça !

— Et si on compte le nombre de signes, trois, cinq, trois, quatre, ça colle au nombre de lettres, ajouta Charles.

— Mais ça ne nous avance pas à grand-chose.

— Ne sois pas si pessimiste, Miguel. Au moins, on avance, dit Charles.

— Oui, mais on peut très bien se tromper. Une carte avec rien d'autre que les points cardinaux n'indique pas de chemin à suivre, insista Miguel.

Effectivement, la carte ne comportait pas d'autres signes. À quoi pouvait-elle bien servir alors ? Charles eut l'image des cartes repères qu'on trouve dans les centres commerciaux. Peut-être que la carte n'était que ça, un point de repère, une espèce de vulgaire « Vous êtes ici. » Restait à déterminer si cela représentait un point de départ ou un point d'arrivée. Il fallait que ce soit un point de départ. Mais vers où ? Ils étaient au bout de la caverne, au fond d'un puits. L'inspection des lieux ne leur avait pas permis de découvrir une porte secrète, un trou, une pierre à déplacer ou quoi que ce soit d'autre.

Les parois du puits étaient lisses, aucune anfractuosité ne laissait deviner un passage quelconque. La réponse devait se cacher derrière les quatre symboles. Charles demanda à Andréa de lui indiquer, à l'aide de la lampe, l'emplacement précis de chacun des points cardinaux. Ils entreprirent alors de les révéler en traçant leur contour avec une pierre. C'est en marquant le dernier point que Vincent sursauta. Il demanda à Andréa d'éclairer plus directement le dessin gravé. Excité, il prit la lampe des mains d'Andréa et alla examiner les autres symboles.

— Regardez. Si on gratte encore un peu, on le voit mieux. Les symboles n'ont pas été gravés dans la paroi. Les lettres ont été enfoncées dans la paroi. C'est du quartz ou du mica, je suppose.

— Pourquoi avoir enfoncé du mica ? demanda Andréa.

— Parce que ça brille ? dit Vincent.

— Oui... attends une seconde, passe-moi la lampe un instant.

Charles éclaira directement l'un des symboles. Effectivement, une fois bien gratté, il brillait sous la lumière. Une intuition... Charles recula de quelques pas. Une fois bien au centre des quatre points cardinaux, il braqua sa lampe sur le symbole de l'ouest. Aveuglé un moment par le reflet, il se pencha un peu, mais de façon à toujours maintenir le faisceau de sa lampe sur les lettres de mica. Charles savait qu'on utilisait le mica pour fabriquer des miroirs. Si quelqu'un avait utilisé un minerai réfléchissant, il devait y avoir une raison. La réponse apparut. Une fois bien éclairés, les quatre points cardinaux se réfléchissaient l'un sur l'autre, comme un jeu de miroirs. Les trois ne purent s'empêcher de s'exclamer devant la trouvaille de leur copain. La lumière avait révélé la présence des signes. Des ombres se profilaient au sol, comme si elles tentaient de se rejoindre en une espèce de casse-tête incomplet voulant former un autre symbole. Charles tourna sur lui-même, illuminant un autre des points cardinaux. Étrangement, les lignes sur le sol changeaient de forme suivant le signe que Charles éclairait. Pourquoi n'y avait-il pas pensé plus tôt? Le nord. C'est sur lui qu'il fallait pointer sa lampe en premier. Au sol se dessina alors une forme plus claire que les autres, mais surtout les lignes se concentraient presque toutes en un seul endroit. On aurait dit le gros X sur une carte au trésor. Vincent et Miguel se mirent à gratter, à fouiller le sol à la position indiquée. Après environ une demi-heure à creuser avec leurs mains, les garçons ne trouvèrent aucun trésor. Peut-être leur fallait-il des outils pour excaver le sol plus profondément? Quelque chose leur disait que ce n'était pas un trésor qu'ils cherchaient. Andréa bondit.

— La carte! Mais oui!

Andréa saisit le dessin de Jacob et demanda à Charles d'éclairer une fois de plus le nord. Andréa positionna le dessin selon la direction des points cardinaux. Carte en main, elle plaça alors le dessin par terre, au centre du symbole que l'ombre projetée par les quatre points cardinaux formait au sol.

— C'est ce que je disais. C'est une carte!

— C'est-à-dire…? demanda Charles.

— Là, regardez. C'est clair. Le dessin est une carte du puits. En éclairant les points cardinaux, Charles nous a révélé comment nous servir de la carte. Qu'est-ce qu'on cherche? Un trésor, un passage?

— Une clé, répondit Miguel.

— C'est ça, dit-elle. Le symbole formé par les ombres nous indique sur le dessin, et non par terre, où se trouve la clé, c'est-à-dire juste là.

Andréa se déplaça de quelques pas. Avec la lampe, elle leur désigna l'emplacement de la clé. Ils auraient dû le remarquer plus tôt. Ils n'y avaient pas fait attention pour une simple et bonne raison. Quelqu'un avait pris la clé.

8

Où est-il ?

Le soleil s'est levé tôt le lendemain. Vers six heures du matin, les premiers rayons vinrent chatouiller les paupières endormies de nos jeunes aventuriers. Le réveil fut difficile. Couchés dans leur cabane secrète construite au milieu de grands érables touffus, ils étaient tous bien au chaud dans leur sac de couchage. La nuit avait été courte. La veille, malgré l'heure tardive, ils avaient bien sûr discuté un long moment de leurs dernières péripéties. Après un petit déjeuner frugal composé essentiellement de tartines de beurre d'arachides et de jus de fruit, chacun retourna chez lui, histoire de se changer de vêtements et de donner signe de vie à leurs parents. Ils se retrouvèrent tous quelques heures plus tard devant la maison de Jacob. C'est Irène, sa mère, qui les accueillit.

— Jacob n'est pas là, je suis allée le reconduire à l'hôpital.

— À l'hôpital ? s'inquiéta Miguel. Rien de grave ?

— Non. Il y va plusieurs fois par semaine pour ses traitements. Mais aujourd'hui, il est allé rendre visite aux autres enfants malades. C'est un garçon si généreux.

Impatients, les quatre ne se consultèrent pas longtemps avant de conclure qu'ils continueraient seuls leur enquête, au lieu d'attendre Jacob. Ils obtinrent la permission de la mère du garçon de prendre les autres dessins de son fils. Pourvu qu'ils promissent de les rapporter. Elle était trop heureuse qu'enfin son rejeton se soit fait des copains. Jacob fréquentait auparavant une école spéciale, adaptée aux besoins des handicapés. Irène, en bonne travailleuse sociale, s'était battue pour que Jacob ait accès à une école normale avec des services appropriés, un accompagnateur. C'est ce que son fils souhaitait et elle aurait fait n'importe quoi pour le rendre heureux. Quoiqu'elle connaissait bien les rouages du système, cela n'avait pas été facile, au contraire. Jacob était plus ou moins autonome, il pouvait se déplacer par lui-même, il était intelligent. En fait, il souffrait d'une maladie très rare, il n'y avait que quelques cas comme lui dans le monde. Pourquoi Jacob ne leur avait-il pas dit la veille qu'il prévoyait se rendre à l'hôpital tôt ce matin? Les garçons n'ont pas osé poser trop de questions. Ils promirent tous de revenir bientôt.

— Comment on va faire pour entrer en contact avec le vieux? dit Miguel. On n'a aucune idée ni de son nom, ni dans quelle chambre il est.

— Facile, dit Charles. Le monsieur est parti en ambulance à l'hôpital Maisonneuve-Rosemont. Ils l'ont dit dans le reportage. On téléphone à l'hôpital et on raconte qu'on a reconnu notre grand-père dans le reportage à la télévision hier.

— Et s'il a déjà quitté l'hôpital, s'il est déjà de retour chez lui?

— Hum, j'en doute. En tout cas, vu l'état dans lequel semblait être le bonhomme. Les médecins auront probablement voulu le garder au moins pour la nuit, en observation.

Les quatre fouillèrent chacun leurs poches à la recherche de petite monnaie pour téléphoner. La cabine téléphonique la plus proche se trouvait au parc Saint-Léonard, à côté de la billetterie de la caverne. Les appareils étaient souvent en dérangement. Des vandales s'amusaient à détruire tout sur leur passage et ce coin à l'écart en était parfois la cible. Ils enfourchèrent leur bicyclette, en route encore une fois vers le parc Saint-Léonard. Les jeunes aventuriers se sentaient plus unis que jamais, et ils n'auraient pas su dire pourquoi. Andréa avait bien sa petite idée, mais elle garda secret son entretien avec leur mystérieux ami. La présence de Jacob se manifestait en eux pour la première fois.

Le bottin ouvert devant eux à la page des hôpitaux, Charles composa fébrilement le numéro d'information générale. Il savait que la standardiste pouvait très bien lui donner un autre numéro à appeler, et un autre, et un autre. Leur marge d'erreur était mince. Ils ne possédaient pas une montagne de pièces de monnaie. Charles se concocta une histoire et prit un ton de circonstance, se répétant les bons mots à dire en attendant les sonneries.

— Hôpital Maisonneuve-Rosemont, bonjour. Comment puis-je vous aider?

— Euh, bonjour, oui.

— Bonjour...

— Je suis un peu inquiet, Madame.

— Oui...

— Je crois avoir reconnu mon grand-père au téléjournal.

— Et...?

— On se demandait s'il n'avait pas été amené dans votre hôpital?

— Quel est son nom?

Charles n'avait pas prévu que la question arriverait si tôt dans la conversation. Pris de court, il décida d'ignorer la question, jouant la panique du moment comme excuse, feignant de ne pas avoir entendu la question. Il parla rapidement, espérant par là que la standardiste ne puisse l'interrompre.

— On vient de le voir à la télévision ce matin. Entouré de journalistes. Les ambulanciers l'ont sorti de la caverne Saint-Léonard, hier. Est-ce que mon grand-père est dans votre hôpital?

— Ah, le fameux évadé de nulle part, dit-elle, soudain complice.

— Qu'est-ce que vous voulez dire?

Par chance, Charles était tombé sur la commère en chef de l'hôpital, au courant de tout, préposée à la section potins et rumeurs, trop heureuse de répondre aux questions.

— Le monsieur parle une langue étrangère. Tout le personnel est mis à contribution, enfin tous ceux qui peuvent s'exprimer dans une autre langue. Vous allez peut-être plus pouvoir nous aider que son autre petit-fils?

— Son autre petit-fils?

— Oui, celui qui est venu ce matin ne pouvait pas nous aider. À part de nous révéler son nom, Olaf Olsen. C'est scandinave, c'est ça?

— Oui, oui… c'est ça.

Décidemment, la conversation prenait une drôle de tournure. De toute évidence, Olaf Olsen avait de la famille. Charles décida de jouer le tout pour le tout.

— Euh… c'est lequel de mes cousins qui est passé le voir aujourd'hui ? Il aurait pu nous avertir.

— Je ne sais pas, il n'a pas dit son nom. Olsen, j'imagine. Le petit gars n'a pas dit grand-chose d'ailleurs. Un drôle de numéro. Il a apporté un dessin pour son grand-père. On dirait que ça lui a fait du bien. En tout cas, tout de suite après, il a cessé de crier. Il regarde le dessin, selon mes informateurs.

— Est-ce que je peux vous demander quelle sorte de dessin ? Un dessin représentant une grotte, par hasard ?

— Oui, c'est en plein ça. Il a dû voir la grotte lui aussi à la télévision.

— Et… euh, est-ce qu'il y avait comme des drôles de dessins dans le genre préhistorique ?

— Je ne sais pas, je n'ai pas encore vu le dessin. On dirait que mes espions sont tous en pause ce matin. Tout ce que je sais c'est que depuis, le monsieur contemple son cadeau en silence. Ça fait du bien aux oreilles.

— Euh, mon… mon cousin, il n'a rien dit d'autre ? Sa mère n'était pas avec lui ?

— C'est ça qui est étrange. Un infirmier a dit avoir vu le jeune garçon arriver avec sa mère à l'hôpital. Bizarre que sa mère ne soit pas venue à l'intérieur avec son fils. Mais bon, avec les histoires de famille de nos jours, on ne serait pas à une bizarrerie près.

— Dans quelle chambre mon grand-père est-il ?

— Une chambre ? Non. Pas de papiers, pas de nom, il est encore à l'urgence. Allez-vous venir…

Charles raccrocha avant que la potineuse puisse terminer sa phrase. À voir sa mine, ses compagnons tout près devinaient que quelque chose n'allait pas. Ils avaient plus ou moins suivi la conversation téléphonique.

— Je pense… je pense que Jacob est allé voir notre rescapé de la grotte à l'hôpital.

9

Le Peuple des profondeurs

Pourquoi Jacob serait-il allé à l'hôpital voir le rescapé de la grotte plus tôt aujourd'hui ? Et pourquoi ne leur en avait-il pas soufflé mot ? Il en avait pourtant eu l'occasion hier. Ça paraissait incompréhensible. Rien ne leur garantissait que le jeune garçon au dessin de grotte à l'hôpital s'avérait être aussi Jacob. Pure coïncidence ? Depuis hier soir, le hasard semblait drôlement bien faire les choses, trop pour que les récents événements mis ensemble n'aient aucun lien entre eux. Trop de questions méritaient d'être tirées au clair.

L'hôpital Maisonneuve-Rosemont était à pas plus de quinze minutes en vélo. Ils s'étaient tous préparés mentalement au spectacle des urgences. À leur arrivée, une équipe d'ambulanciers fit irruption avec un accidenté de la route. Les garçons s'enlevèrent rapidement du chemin, se collant contre le mur. Sur la civière reposait un jeune homme ensanglanté criant de douleur avec encore son casque de moto vissé sur la tête. Tout le personnel disponible s'affaira autour du blessé. Ce qui leur permit de passer inaperçus dans la tourmente. Beaucoup de personnes attendaient patiemment sur des lits de fortune disposés le long des corridors de l'unité d'urgence. Comme il s'agissait en majorité de personnes âgées, souffrant en silence, résignées, le tableau n'avait rien de réjouissant. Et cela allait compliquer leur tâche. Ils ne savaient rien d'Olaf Olsen, sauf son visage qu'ils avaient pu entrapercevoir à la télévision. Après avoir fait discrètement le tour des patients dans les corridors, ils se retrouvèrent bredouilles. Ils n'avaient pas non plus vu Jacob dans les environs. Se pouvait-il que leur homme ait déjà quitté les lieux? Charles eut une de ses intuitions fulgurantes.

— Peut-être est-il tout simplement rendu dans une chambre?

— Ça me surprendrait, dit Miguel. La réceptionniste t'a dit qu'il n'avait pas de papiers. S'il est encore ici, il ne doit pas être loin.

— J'ai vu des salles d'observation dans le corridor, là-bas, ajouta Andréa.

— On va tout de même pas ouvrir toutes les portes et entrer dans chaque pièce, sans savoir, dit Vincent.

— Tu as une meilleure idée? questionna Charles.

— Non…

— Vincent a raison, Charles, dit sagement Miguel. On ne peut pas déranger tout le monde comme ça.

— J'ai une idée, dit Charles. Miguel et moi, on se poste dans le corridor. On guette si une porte s'ouvre et on en profite pour jeter un coup d'œil à l'intérieur. Pendant qu'Andréa et Vincent, vous allez à l'étage des enfants malades voir si notre ami Jacob y est.

— Parfait, acquiescèrent ses compagnons.

Postés chacun à l'angle du corridor formant un L, Charles et Miguel observaient le va-et-vient du personnel sans être importunés. Personne ne faisait attention à eux. Le personnel soignant avait fort à faire. Toutes les deux minutes, un patient différent réclamait des soins. Médecins et infirmières ne pouvaient satisfaire tout le monde en même temps, leur nombre restreint ne suffisant pas à la tâche. Les deux garçons avaient une vue parfaite sur les deux corridors de l'unité d'urgence. Soudain, au détour de l'un d'eux, une mauvaise surprise fit son apparition. Les trois adolescents de la veille.

— Qu'est-ce qu'ils font là, eux ? s'inquiéta Miguel.

— Je ne sais pas mais je ne pense pas qu'ils soient venus rendre visite à leur grand-mère. Viens, cachons-nous.

Avisant deux civières libres tout près, de chaque côté du corridor, les garçons s'y couchèrent en prenant soin de se couvrir du léger drap en retournant leur visage contre le mur. Le cœur de chacun se mit à battre plus vite quand le trio passa finalement à leur hauteur.

— Le sentez-vous ? demanda l'un d'eux.

— On dirait qu'il a réussi à ériger un mur mental autour de lui, répondit un autre.

— Continuons de chercher, il ne doit pas être loin.

Heureusement, les adolescents ne s'attardèrent pas et poursuivirent leur chemin. Une fois le danger éloigné, Miguel souleva son drap.

— Tu les as entendus ?

— Oui, comme toi.

— Qui tu crois ils cherchent comme ça ?

— *Je suis avec Jacob et le vieux, salle 303.*

— Hein, qu'est-ce que tu as dit ? interrogea Charles du regard en direction de son collègue.

Miguel, tout aussi surpris, s'approcha de Charles.

— Qu'est-ce que tu as dit ?

— Moi ? J'ai rien dit…

— Alors qui ?

— Qu'est-ce que tu as entendu ?

— « Je suis avec Jacob et le vieux, salle 303. »

— Tu veux rire ?

— Non, pourquoi ?

— Moi aussi.

— Mais voyons…

Comment deux personnes peuvent-elles avoir entendu la même chose en même temps ? Le plus étrange, c'est qu'ils avaient distinctement reconnu la voix de leur amie Andréa. *Salle 303.* Qu'est-ce qu'ils risquaient ? Le mieux était d'aller vérifier. Si la folie les gagnait, au moins ils étaient au bon endroit, se dirent-ils. Leurs sarcasmes masquaient mal leur crainte de plus en plus grandissante. Trop de choses bizarres leur arrivaient depuis leur rencontre avec Jacob. Dans quoi s'étaient-ils embarqués ? Ils n'avaient pas pris le temps de réfléchir, depuis hier c'était tête première qu'ils fonçaient dans cette aventure. Qui était vraiment Jacob ? Pourquoi semblait-il avoir le don de se trouver à la bonne place au bon moment ?

— C'est là, salle 303, nota Charles.

— La porte est fermée à clé. Qu'est-ce qu'on fait ?

— On frappe ?

Avant même de pouvoir frapper, alors que Charles avait la main dans les airs, Vincent leur ouvrit la porte.

— Vous en avez mis du temps !

Charles et Miguel étaient bouche bée, cloués sur place.

— Restez pas là, entrez.

Olaf Olsen, souriant aux deux nouveaux venus, mais visiblement souffrant, était assis dans son lit, Jacob se tenait à ses côtés. Andréa referma la porte, prenant soin de la verrouiller. Après un court moment, Charles retrouva ses esprits.

— Qu'est-ce que ça veut dire ? Qu'est-ce qui se passe ici ? Miguel et moi… on croit… on pense avoir entendu ta voix dans notre tête !

— Fantastique, hein ?

Andréa souriait à pleines dents. À partir de ce moment, le reste de la conversation se déroula sans qu'une parole ne soit prononcée. Le besoin de savoir où étaient leurs copains, le stress de la situation avait finalement fait surgir leur don de télépathie. Jacob se déplaça au centre du groupe et prit la main d'Andréa et d'Olaf Olsen. Charles, Vincent et Miguel comprirent qu'ils devaient en faire de même. Ils n'avaient pas besoin de former un cercle pour communiquer par la pensée. Cette procédure visait plutôt à restreindre la portée de la communication, l'empêchant de circuler en dehors de leur cercle. Une sorte de mur mental de sécurité. Jacob avait senti la présence des adolescents malfaisants à l'intérieur de l'hôpital, mais n'en souffla mot à ses amis, ne voulant pas les effrayer inutilement.

À l'intention des trois garçons, Jacob relata la courte discussion hors du temps qu'il avait eue la veille avec Andréa. De son origine d'ancien habitant de la Terre à son incarnation dans ce corps malheureusement mal adapté à sa mission, en passant par le choix des quatre amis pour l'aider à mener à bien son entreprise. Il leur expliqua comment le pouvoir de communiquer par la pensée n'était pas le fruit du hasard.

— Désolé de ne pas vous avoir attendus ce matin, mais je devais parler à Olaf avant. Il est maintenant temps de vous révéler votre première mission. Notre ami Olaf revient de loin. Grâce à lui, nous savons maintenant que les Nomaks, le peuple des premiers hommes, sont en danger. À l'aube de l'époque glaciaire, certaines tribus primitives plus avancées ont trouvé refuge sous la terre. D'autres ont préféré émigrer vers le sud. Beaucoup sont morts avant d'avoir atteint leur but, plusieurs ont été sauvés. Les Nomaks vénéraient le grand mammouth. La tribu avait pour idole la tête de l'animal. Leur dieu leur parlait à travers les transes de leur chef. Tout comme les éléphants d'aujourd'hui au moment de leur mort, leurs ancêtres se dirigeaient vers un lieu caché, inconnu des hommes, le cimetière des mammouths. Ces grands animaux ont toujours été sages, mais aussi fatalistes. L'annonce de leur extinction par le froid ne les avait pas poussés à suivre le chemin des hommes vers la chaleur. Les mammouths s'abandonnaient au sort que leur réservait la glaciation, croyant que le prochain cataclysme n'était qu'un autre événement les rapprochant de leur destin. Les Nomaks, au mépris du grand froid, ont donc suivi les mammouths dans leur pèlerinage funeste vers le nord. La tribu s'identifiait tellement au pachyderme qu'elle épousait sa philosophie fataliste sans condition. Arrivés au bout de leurs pérégrinations, les Nomaks ont suivi le grand mammouth dans son dernier voyage. Au bout du monde se trouve l'entrée de la nécropole des dieux. Des milliers d'ossements d'animaux jonchaient le sol d'une immense caverne. Les Nomaks eurent alors l'intime conviction du rôle que leur confiait leur dieu : protéger le sanctuaire des mammouths. Tels les moines du Tibet, avec qui ils partagent bien des mystères, dont une autre entrée vers leur cité souterraine, les Nomaks s'isolèrent du reste du monde dans un état de recueillement et de méditation, entièrement dévoués à leur dieu et fidèles à leur destin. C'est ainsi que depuis des millénaires, les Nomaks ont évolué en un peuple profondément mystique, en contact avec les secrets de la vie. La vie sous terre durant ces millénaires a transformé ces hommes. Au fil des mutations, ils se sont pleinement adaptés à leur environnement, développant entre autres pouvoirs la vision nocturne, la télépathie, la force de l'esprit sur la matière. Ils se nourrissent d'insectes, de champignons, de lichens, de poissons et de crustacés vivant dans l'eau qui s'y trouvent en abondance. Jamais ils ne sont intervenus dans les affaires des hommes du monde extérieur, sauf en de rares occasions. Dans l'histoire, on peut retrouver des traces de leurs passages, des plus anciens au plus récents, dans certains pays sous forme de pétroglyphes, de peintures rupestres dans des grottes, de hiéroglyphes ou encore de statues. Les Nomaks sont petits, imberbes, ont la peau grise, les yeux plus gros et exorbités, possèdent de longs doigts fins, mais solides, avec des ongles devenus comme des griffes leur permettant de mieux creuser le sol à la recherche de leur nourriture. Devant leur apparence étrange et leurs pouvoirs, plusieurs populations du monde extérieur les ont volontiers identifiés à des sortes de divinités ou à des habitants d'un autre monde. Le peuple des Nomaks s'est multiplié. Ils ont creusé des kilomètres de galeries souterraines, ont établi d'autres cités. Mais aujourd'hui, leur monde est menacé. Des soldats bien armés ont découvert l'entrée de la nécropole de leur dieu mammouth, au nord du globe.

Journal de bord

*C*ela devait bien faire plus de deux jours que nous n'avions rien mangé, mon père et moi. La privation de nourriture rendait notre sommeil difficile. Nous étions plutôt engourdis que reposés. La dernière tempête avait épargné notre bateau, mais toutes nos provisions avaient foutu le camp par-dessus bord. Je me rappelle la voix de mon père, couvrant le tumulte qui nous affligeait : « Il faut que nous trouvions le courage en nous. » Puis il a hurlé : « Odin est le Dieu des eaux, le compagnon du courageux et il est avec nous. N'aie pas peur. » Mon père fait tellement confiance aux dieux, difficile de ne pas le croire. La neige tombait sur nous comme une armée de soldats de plomb vengeurs. Nous pouvions à tout moment être précipités contre les immenses blocs de glace qui émergeaient brutalement autour de notre sloop. La nature semblait en furie. Des vagues de la hauteur de gratte-ciel, tels des colosses tout blancs, nous transportaient un instant. Pour ensuite nous abandonner, nous laissant chuter de hauteur vertigineuse dans cette mer sauvage. Si nous n'avions pas eu la bonne idée de nous attacher aux mâts de notre navire, nous aurions sûrement été éjectés comme nos provisions. Puis, aussi soudainement qu'elle était venue, la tempête s'est enfuie. Depuis, nous voguions un peu à la dérive, sans instruments pour guider notre route. Nos cartes étaient en lambeaux sous l'effet de l'eau, notre boussole certainement endommagée. L'aiguille vacillait sans relâche, mais surtout elle pointait vers le haut, collée à la vitre. Sans nourriture et sans eau, je sentais notre mort toute proche. À l'aide d'un récipient, j'ai ramassé de l'eau et m'en suis aspergé le visage. À ma surprise, au contact de mes lèvres, elle n'avait pas du tout un goût salé! De l'eau douce? J'allais faire part de mon incroyable découverte à mon père lorsqu'il me cria : « Olaf! Viens voir! C'est… Il y a une terre là-bas! »

Olaf Olsen

10

La mission

Olaf Olsen, tremblant, referma son journal de bord. Malgré la douleur qui rongeait le vieillard, il avait tenu à raconter lui-même son histoire. Tout au long, il avait récité son aventure dans une langue scandinave. Étrangement, les enfants avaient quand même tous compris sa lecture. Rompant le cercle qui les unissait, Charles n'en pouvait plus. Il se laissa choir sur la chaise près du lit. Son cerveau était en état d'ébullition. Un énorme mal de tête l'affligeait. Il avait l'impression que sa matière grise prenait de l'expansion, étirait sa boîte crânienne. Une fois le cercle brisé, la magie s'estompa. Ses camarades vacillèrent à leur tour, se tenant le front à deux mains. Le vieil Olaf, assis dans son lit avec sa jaquette d'hôpital à moitié fermée, les regardait en souriant de ses yeux vifs. Il marmonna quelque chose en norvégien. Hors du cercle, le prodige qui leur avait permis de comprendre une autre langue n'opérait plus. Charles et ses amis avaient besoin d'un peu de temps pour récupérer.

Olaf savait par quoi les garçons passaient. Les Nomaks lui avaient enseigné bien des choses au cours de ces soixante-dix dernières années. Pourtant, il n'était même pas encore au stade d'apprenti. L'espérance de vie chez les Nomaks dépasse souvent les huit cents ans et ce n'est qu'après deux cents ans qu'un élève peut prétendre au premier niveau de connaissance. En quittant le monde du peuple souterrain, Olaf avait renoncé non seulement au savoir millénaire, mais aussi à une existence qui lui aurait garanti une forme de vie quasi éternelle. Au-delà du territoire des Nomaks, le temps avait rattrapé Olaf. Il faisait maintenant ses quatre-vingt-quatorze ans et savait qu'il n'en avait plus pour longtemps ici-bas. Il avait fait le sacrifice de sa vie pour sauver celles de son peuple adoptif. En partant du sanctuaire sacré, il avait fait la promesse de revenir avec de l'aide. Depuis son arrivée au sanctuaire, il n'avait pas vieilli, il avait toujours dix-neuf ans. Il s'agissait de l'un des secrets des Nomaks. Une fois hors de la contrée du peuple sacré, le temps fit son œuvre. Constatant l'effet accéléré du temps sur son corps, le jeune homme d'alors avait eu bien peur de ne pas atteindre la surface. C'est à bout de forces qu'Olaf a finalement rejoint notre monde. Ne parlant pas la langue du pays, il s'était buté contre un mur d'incompréhension. Déjà, il savait que de tenter d'expliquer le pourquoi de son retour allait s'avérer une entreprise périlleuse. Ses chances de succès s'amenuisaient.

Dans l'ambulance, Olaf songeait à son père, demeuré là-bas, toujours prisonnier des nouveaux maîtres qui crachent le feu. N'étant pas d'origine nomak, Olaf s'était vu toute relation amoureuse lui être refusée. Cela ne l'avait tout de même pas empêché de nouer des liens plus que solides avec la jeune Kaïra, de quatre cents ans son aînée. Grande prêtresse et fille du chef Naori, les tourtereaux caressaient le rêve de faire changer d'avis le conseil des sages à propos de cette coutume. Oui, Olaf était un homme de l'extérieur, mais il habitait avec eux, était devenu l'un des leurs. Un privilège qui n'avait jamais été accordé auparavant à quiconque. Bien que les Nomaks aient entretenu des contacts avec certaines nations de la terre du Soleil, aucun d'entre eux n'était allé aussi profondément. Non pas que cela leur fût interdit, mais personne avant Olaf et son père n'avait trouvé de passage pour se rendre aussi loin et rejoindre le sanctuaire. Les sages avaient alors conclu à un présage et ainsi toléré leur présence au sein du clan. Comme Kaïra était leur prêtresse, ils n'osèrent pas remettre en question son amour pour Olaf. À l'arrivée des soldats avec leurs fusils, Olaf avait compris sa mission. Son père avait d'ailleurs eu une sorte de révélation en rêve durant leur voyage, une prémonition. Odin lui-même était venu lui demander leur aide face aux soldats armés. Ce n'était pas le hasard qui les avait conduits, son père et lui, chez les Nomaks. Les dieux savaient qu'ils auraient un jour besoin d'eux. Olaf devait délivrer les Nomaks du joug des envahisseurs armés. Kaïra espérait le retour triomphant de son valeureux bien-aimé. Mais seul et si vieux maintenant, dans un monde dont il ne comprenait pas la langue, Olaf n'entrevoyait plus d'espoir.

Jusqu'à ce matin, alors qu'un petit garçon chétif est venu lui rendre visite à l'unité d'urgence de cet étrange hôpital. L'enfant lui sourit et lui prit la main. Jacob venait d'entrer en contact avec Olaf. Aucun mot ne fut prononcé.

Jacob connaissait le mode de communication des Nomaks. Dans les yeux du garçon, Olaf put lire tout un monde. Il savait qu'il avait alors affaire à un sage semblable sinon plus puissant que ceux du peuple souterrain. L'échange entre les deux fut bref. Jacob lui fit la promesse de l'aider. Le vieil homme se demandait bien comment un si jeune garçon à l'allure frêle pouvait secourir les Nomaks des griffes des soldats armés de fusils. Maintenant, il en avait la réponse. Les jeunes devant lui représentaient l'espoir du peuple Nomaks.

Et c'est bien ce qui terrifiait nos amis. Leur mal de tête disparaissait peu à peu. Ne demeurait que la vague impression de revenir d'un tour de manège affolant. Jacob aurait voulu leur apprendre leur mission en douceur, à petits pas. Mais le vieillissement accéléré d'Olaf ne lui avait pas laissé le choix. Il lui avait fallu précipiter l'apprentissage de la bande. Le jeune sage savait que cela comportait des risques. Mais de toute façon, le danger se serait présenté bien assez tôt, sous une forme ou sous une autre. Confier une telle mission à de si jeunes aventuriers recelait en soi un danger. C'était le point faible de son plan. Comme Jacob ne pouvait lui-même accomplir le sauvetage des Nomaks, étant donné le corps malade dans lequel il s'était incarné, il se devait de faire confiance à Charles et ses amis.

C'est Andréa qui brisa le silence.

— Et maintenant, on fait quoi?

Les quatre camarades se regardèrent puis tournèrent leur regard en direction de Jacob. La situation leur paraissait irréelle. Chacun avait envie de se pincer, toute cette histoire ne pouvait être qu'un mauvais rêve. Un peuple vivant sous terre, menacé par des soldats bien armés, et eux allaient les sauver ? Ça n'avait aucun sens.

— Je sais que tout cela vous paraît incroyable, commença Jacob. Le simple fait d'entendre ma voix dans votre esprit vous fait probablement peur. Cela est aussi un gage de véracité. Vous avez été choisis pour accomplir de grandes choses. Vous possédez en vous des qualités rares. La première étant l'amitié profonde et sans faille qui vous unit. Votre cœur est pur. Si vous réfléchissez bien, vous allez reconnaître que votre destinée vous a conduit ici. Vos diverses aventures à ce jour auront été pour vous une forme d'entraînement à ce qui vous attend. Vous allez avoir besoin l'un de l'autre comme jamais. Les talents que vous avez su développer seront décuplés. Toutefois, ces dons ne vous seront pas octroyés par magie ou simple plaisir. Il vous faudra les mériter sur le chemin de la nécessité. La faculté de communiquer entre vous par la pensée s'est maintenant éveillée en chacun de vous. C'est votre amitié pure qui en fut le révélateur et la reconnaissance du besoin de l'autre. Vous avez tous compris la langue de notre ami cette fois. C'est moi qui ai favorisé votre compréhension. Les langues ne sont qu'une série de sons assemblés ensemble pour signifier quelque chose. L'impulsion de nommer, de communiquer est la même pour tous les humains. C'est à cette source que vous devrez vous concentrer pour entrer en contact avez les Nomaks ainsi qu'avec les soldats allemands qui les terrorisent.

— Des soldats allemands ! ne put s'empêcher de crier Andréa.

— Oui, ce sont bien ceux à qui tu songes, des nazis. Lors de la Deuxième Guerre mondiale, des soldats allemands se sont perdus dans une expédition vers le pôle Nord. Ce n'était pas la première fois que leur chef, Adolf Hitler, envoyait des troupes en quête d'un passage menant au peuple des Nomaks, par exemple dans l'Himalaya du Tibet, à la recherche de cette énergie psychique qui aurait pu leur donner une puissance immense. À ce jour, tous pensaient que ces missions s'étaient avérées des échecs. Aucune expédition allemande n'était jamais revenue avec des preuves. C'était oublier les soldats comptés pour morts lors du périple au pôle Nord. Ils ne sont pas morts ni perdus, et ils sont sur le point de découvrir le secret le mieux gardé des Nomaks.

— Quel secret ? demanda Miguel.

— Je ne puis vous le révéler.

Il y eut un long moment de silence. La déception au sein de la bande était palpable. En somme, on les envoyait sauver un peuple inconnu, mystérieux, mais on ne voulait pas leur dire pourquoi, pensèrent-ils. Pourquoi alors devaient-ils accepter cette mission ? Comment faire confiance à Jacob s'il ne voulait pas leur en dire d'avantage ? D'ailleurs, comment savoir si toute cette histoire n'était pas en fait un monstrueux guet-apens ? Miguel se voyait esclave d'une peuplade sanguinaire, perdu aux confins du monde. Andréa, elle, était terrifiée à l'idée de servir de cobayes à de cruelles expériences nazies. Vincent s'imaginait offert en sacrifice sur l'autel d'une tribu de sauvages cannibales au nom d'un dieu fou. Seul Charles visualisait ses copains et lui délivrer les Nomaks des soldats allemands. Jacob reforma le cercle et prit alors la parole.

— Charles, c'est à toi que je confie la responsabilité de cette mission.

— Moi? Pourquoi moi?

— Parce que tu es le seul qui ne s'imagine pas échouer. Tes amis ont confiance en toi.

— Et moi aussi, ajouta Olaf, jusque-là silencieux.

Charles se tourna vers lui.

— Et pourquoi donc?

— Tu me fais penser à moi, plus jeune. Je sens en toi un jeune homme rempli d'idéaux. Tu es franc et prêt à te battre pour tes idées si tu les crois justes. En revanche, tu ne rechignes pas à admettre tes torts. Ce qui désarçonne sûrement tes adversaires qui ne cherchent qu'à écraser les autres, contrairement à toi qui cherches d'abord à apprendre. Je sens chez toi un désir d'être meilleur. Rien d'autre ne semble t'habiter. La convoitise et la jalousie ne font pas partie de tes pensées. C'est très rare. Si tu avais vécu au Moyen Âge, tu aurais sans doute été chevalier. Et tes compagnons sûrement aussi.

— Vous croyez? dit timidement Miguel, alors qu'il se faisait l'écho de ses camarades.

— Oui, j'en suis convaincu. Je n'ai pas fait tout ce chemin pour rien. Il faut qu'il y ait une raison à tout ça. J'ai confiance en Jacob. S'il vous a choisi, c'est que cela devait en être ainsi. Les forces me manquent, sinon je vous accompagnerais. Je serai avec vous en pensée pour vous guider. Mon journal de bord vous sera utile. J'ai tracé nombre de cartes des voies souterraines. Ne le perdez pas. J'aimerais tant revoir mon père avant de mourir.

11

Avant de partir

De retour à la maison, Jacob déposa sur son lit le journal de bord d'Olaf, un gros livre à la couverture de cuir racorni. Il l'ouvrit sur une page montrant une carte.

— C'est là que vous allez.

— Où ça? dit Charles.

— Olaf a dit l'appeler Asgard.

— Et c'est où, ça?

— À des milliers de kilomètres d'ici… sous la terre.

— Mais comment on va pouvoir se rendre là?

Jacob sortit de son sac à dos une sorte d'objet plat en bronze. Il était serti de pierreries.

— C'est la clé qui manquait dans la caverne Saint-Léonard? demanda Andréa

— Oui. C'est Olaf qui l'avait prise. Ça fonctionne un peu comme le bâton d'un sourcier. Quand vous serez près de l'entrée ou d'un passage sous terre, les pierres vont changer de couleur. La caverne est une des portes de sortie du territoire des Nomaks. Les Nomaks ont bâti tout un système de sorties et d'entrées pour leur monde. On ne peut revenir par où on est sorti.

— Tu veux dire qu'il va maintenant nous falloir découvrir l'entrée ? s'étonna Charles.

— Pas vraiment. Le système est toujours le même partout. Une grotte pour la sortie, et une montagne pour l'entrée.

— Une montagne ?

— Oui. Combien y a-t-il de montagnes à Montréal ?

— Euh… À part le mont Royal, je ne vois pas.

— C'est ça.

— Mais c'est pas une montagne, c'est un volcan éteint !

— C'est la seule piste que nous avons.

— Mais oui, c'est simple, dit Vincent, narquois. En quatre cents ans, personne n'a jamais découvert de trou dans la montagne, mais nous, nous allons en trouver un. Excellent…

— C'est que personne n'avait la clé du passage avant vous, fit remarquer Jacob.

— La clé était là sous le nez de tout le monde depuis toujours et personne n'avait jamais rien remarqué ? observa Andréa.

— Sans la carte, impossible de la trouver, répondit Jacob.

— Mais c'est vaste, le mont Royal ! Ça peut nous prendre des semaines, des mois ! dit-elle.

— Peut-être pas. Il nous faut trouver un rocher qui ressemblerait à une statue. C'est l'indice d'Olaf. Et j'ai ma petite idée sur son emplacement.

— Où ça ? demanda Charles.

— Le terrain de jeu.

— La grosse roche qui a l'air d'une madame? s'étonna Vincent. Ça ne peut pas être l'entrée vers le territoire des Nomaks! Quelqu'un s'en serait aperçu avant, me semble, objecta-t-il, fataliste.

— Nous verrons bien. Si les pierres s'illuminent et changent de couleur, combien tu me donnes? dit Miguel en souriant.

Miguel ne pariait jamais, sauf lorsqu'il était certain de gagner. Il était du genre à miser sur l'équipe en avance, avec deux retraits, à la neuvième manche. Personne ne pariait donc jamais avec lui. Pourtant, cette fois, Vincent était bien tenté.

— D'accord. Je te parie ta collection complète de minéraux.

— Pari tenu.

— Tu veux rien en échange?

— Non. Pouvoir te rappeler jusqu'à la fin de tes jours que j'avais raison sera un supplice fort agréable, dit Miguel en riant.

Jacob coupa court aux railleries des deux copains en ouvrant son coffre à jouets contenant tout un matériel de spéléologie trop grand pour eux. Les jeunes ouvrirent grand leurs yeux. À ce moment, la mère de Jacob entra dans la chambre.

— Tiens, je vois que vous allez jouer aux grands explorateurs.

Irène était-elle au courant de ce qu'ils projetaient? Devaient-ils faire semblant de rien?

— C'était à mon mari. C'est à peu près les seules choses qu'il m'a laissées. Il parcourait le monde à la recherche de grottes préhistoriques. En Asie, en Russie, en Amérique du Sud. Il est mort en faisant ce qu'il aimait le plus.

Léger moment de silence. Les quatre amis ne savaient pas comment réagir. L'idée d'endosser l'équipement d'un mort leur faisait tout drôle. Pas certains qu'ils en avaient très envie maintenant. La mère de Jacob leur dit de bien s'amuser, en tentant d'accrocher un sourire sur son visage. Elle sortit de la chambre, les yeux un peu rougis.

Alors que ses camarades cherchaient toujours quelque chose à dire, Charles choisit ce moment pour poser la question qui le tarabustait depuis hier soir :

— Jacob… est-ce que ta mère est au courant de tous nos projets?

Tous les yeux se tournèrent vers Jacob. Impossible de chercher des faux-fuyants. Jacob redoutait ce moment depuis le début. Il savait qu'il devait révéler ses origines, du moins en partie. Sinon ses alliés n'auraient pas l'esprit en paix, et il lui serait alors difficile d'exiger d'eux leur pleine confiance. Formant le cercle auquel la bande commençait à être habituée, Jacob leur demanda aussi de fermer les yeux. Le jeune sage ajouta un coefficient de difficulté à leur communication par la pensée. Ils allaient entendre son histoire, mais aussi la voir. Non pas comme au cinéma, mais comme s'ils y étaient. Jacob leur demanda de ne pas avoir peur, de lui faire confiance et de le suivre, quoi qu'il arrive. Nerveux, le groupe s'attendait à tout. Ils furent aussitôt projetés dans la noirceur. Des gouttes d'eau tombant çà et là se firent entendre. Puis, une faible lumière devant eux. Une lampe de poche éclairait les lieux. Ils étaient à l'intérieur d'une caverne. Tous leurs sens en éveil, ils parvenaient même à sentir le froid et l'humidité. Plus loin, ils entendirent comme des cris. Un enfant pleurait. La lumière de la lampe de poche s'agita. Fébriles, ils suivaient le faisceau qui fendait la noirceur devant. La progression était chaotique. Le sol humide glissait sous leurs pieds, des rochers entravaient leur passage. Les pleurs de l'enfant se rapprochaient. Soudain, la lampe révéla un bébé emmailloté déposé sur une grosse roche. Deux mains d'homme prirent tendrement le poupon. Un doigt vint caresser le bout du nez de l'enfant et essuyer ses larmes. Lentement, les amis refirent le chemin en sens inverse. Les sanglots du nouveau-né s'estompaient. Une fois arrivés à l'extérieur, la lumière du jour les éblouit. Puis le visage d'Irène, souriant, berçant l'enfant. Ils étaient dans la chambre de Jacob. Leur ami rompit alors le cercle.

La vision terminée, Charles et ses amis se frottèrent les yeux. Ainsi donc, Jacob était un enfant adopté. Pourquoi et qui l'avait abandonné si cruellement dans cette caverne ? Ses parents adoptifs ne le savaient pas. La grotte était située aux confins de la Sibérie, site de nombreuses fouilles préhistoriques. À cause de sa maladie apparente qui lui déformait les membres, son père et sa mère adoptifs ont imaginé que ses véritables parents avaient eu peur. La crainte du démon et toutes sortes de croyances superstitieuses sont encore bien tenaces dans ces lointaines contrées. Après avoir interrogé les habitants du coin, ses nouveaux parents ne parvinrent jamais à retracer la véritable origine de Jacob.

— Je ne peux pas me résoudre à l'idée que cet enfant soit abandonné une deuxième fois, dit Irène à son mari. C'est fou, mais depuis qu'on l'a trouvé, j'ai l'impression qu'il nous attendait. Tu as vu ses yeux, sa façon de nous regarder ? On dirait qu'il comprend tout ce qu'on dit.

— Tu as raison, répondit son mari. Si personne n'en veut… ramenons-le avec nous.

— Tu es sérieux ?

— Nous aussi, nous l'attendions, n'est-ce pas, ma douce ? Regarde, il sourit, dit-il tendrement.

Le quatuor ne pouvait s'imaginer comment une mère pouvait aussi cruellement abandonner son enfant. Avec tout ce qui leur arrivait, l'idée germa dans la tête des quatre amis que Jacob était peut-être un fils de la tribu des Nomaks ? Sachant qu'une équipe d'explorateurs faisait des fouilles dans cette caverne, Jacob aurait été placé là à dessein et non pas abandonné ? Si les dires d'Olaf Olsen étaient vrais sur sa mission, sur le présage de son père, peut-être Jacob faisait-il aussi partie de cette prophétie… Un envoyé des Nomaks qui trouverait de l'aide pour les sauver des années plus tard ? Les jeunes aventuriers avaient beau avoir l'imagination fertile, cette version leur paraissait difficile à croire. Sauf que cela pourrait expliquer les pouvoirs de Jacob et tout le reste.

— Je sais que de savoir qui je suis, d'où je viens, vous questionne. C'est malheureusement tout ce que je peux vous dire. D'aussi loin que je me souvienne, j'ai toujours eu des visions. Mes dessins vous serviront pour découvrir l'entrée du monde des Nomaks.

Jacob ne leur disait pas toute la vérité. En temps et lieu, il la leur dirait. Pour l'instant, il leur fallait se préparer au plus fabuleux des voyages de leur vie.

Journal de bord

A près tout ce temps en mer et après avoir traversé cette terrible tempête qui aurait pu nous être fatale, nous foulions enfin la terre. Nous avons navigué un moment sur une assez large étendue d'eau douce avant d'y arriver. La seule explication logique voulait que ce soit le résultat de la fonte des glaciers. Seule l'eau douce de ces montagnes de glace avait pu remplir cette immense cavité naturelle. En effet, l'eau salée de la mer perd sa salinité une fois gelée. Pour mon père, cette eau était un signe des dieux. Elle montrait la voie. Jamais personne n'avait entendu parler ou découvert cet endroit. Nous étions les premiers. Je n'éprouvais pas de fierté particulière. Aucune envie de planter un drapeau quelconque pour souligner notre passage pour la postérité ne m'habitait. Le simple fait d'être encore en vie me satisfaisait amplement. Mon père, lui, était euphorique. « Tu te rends compte, Olaf, nous l'avons trouvé ! Nous l'avons trouvé ! », ne cessait-il de répéter. Pour lui, nous étions sur le chemin conduisant au sanctuaire des dieux. Plus nous avancions sur cette terre, plus les indices se multipliaient.

Des amas de roches empilées imitant vaguement des formes humaines parsemaient la route. De gigantesques défenses d'éléphant gisaient çà et là, semblant baliser un improbable sentier. Et pourtant, outre ces signes, aucune autre trace de vie, aucune présence humaine ne se manifestait. Nous étions seuls au monde, avec le silence et l'horizon à perte de vue pour compagnons. Mon père marchait de façon frénétique, comme guidé par je ne sais quoi. Je le suivais, tout en craignant que notre difficile périple ne l'ait affecté mentalement plus que moi. Je ne comprenais pas son soudain enthousiasme. Je ne voyais pas comment nous pourrions un jour retourner chez nous, sains et saufs, sans vivres ni instruments de navigation. Puis, alors que je sombrais dans mes pensées, j'avais laissé mon père s'éloigner un peu, lorsque je l'entendis crier : « Olaf! Viens voir. C'est ici. C'est ici! »

Olaf Olsen

12

L'entrée

Il ne faisait pas encore jour ce dimanche quand Jacob et les quatre jeunes aventuriers, équipés de leur combinaison de spéléologue trop grande pour eux, arrivèrent devant la grosse roche faisant office de statue de grosse femme. Selon les explications de Jacob, ils devaient agir avant le lever du soleil. La science des Nomaks en était une de l'ombre. Le gros rocher se trouvait au beau milieu du terrain de jeu sur la montagne du centre-ville. Une sensation de vive excitation créait une tension palpable quand Andréa sortit l'objet en bronze. Ils n'eurent pas besoin d'attendre longtemps pour avoir une confirmation : les pierreries de la clé avaient déjà changé de couleur. Ils étaient au bon endroit, devant une entrée menant au territoire souterrain des Nomaks. Charles prit la clé et la ficha dans une anfractuosité du rocher qui semblait avoir été conçue exprès pour recevoir l'objet. La bande s'était attendue à voir le rocher se fendre en deux ou le sol s'ouvrir sous leurs pieds. Au lieu de ça, une tache sombre, circulaire, apparut sur la pierre. Frappés de stupeur, les quatre compagnons ne comprenaient pas ce qui arrivait.

— Vite, sinon l'entrée va se refermer, dit Jacob.

— L'entrée? Quelle entrée? s'étonnèrent en chœur les quatre amis.

— C'est un vortex minéral. L'effet n'est pas illimité dans le temps.

Jacob passa sa main sur le cercle noir et les intrépides la virent s'enfoncer dans le roc. Sans danger, Jacob retira sa main, intacte.

— Allez-y. Je serai avec vous, en pensée, pour vous guider.

La peur paralysait la jeune troupe. Ils se voyaient disparaître à tout jamais.

— Ne vous inquiétez pas. Si Olaf est revenu, vous allez pouvoir emprunter le même chemin.

Tour à tour, ils pensèrent à leur famille, à leurs amis qu'ils ne reverraient peut-être jamais. Tout ça pour sauver une improbable tribu, ayant survécu sous terre à l'époque glaciaire, de la griffe de soldats allemands. Leur mission leur parut soudain absurde, une chimère sortie de l'imagination tordue d'un garçon qu'ils connaissaient à peine. Pourtant, ils avaient devant eux ce que Jacob appelait un vortex minéral. Un trou noir dans lequel ils s'apprêtaient à s'engouffrer, au péril de leur vie.

Charles fut le premier à s'avancer. Il lui fallait vérifier par lui-même si Jacob ne se jouait pas d'eux, si lui aussi pouvait rentrer et sortir sa main du rocher. Il voulait simplement plonger sa main à l'intérieur du cercle sombre. Sous les yeux ébahis de ses compagnons, Charles disparut alors au complet dans le rocher. De la colère et de la terreur se lisaient sur le visage de ses amis. Vincent sauta au collet de Jacob.

— Qu'est-ce que tu lui as fait ? Hein ? Qu'est-ce que tu lui as fait ?

Dans son emportement, Vincent secoua Jacob comme un pommier, et alors qu'Andréa tentait de le retenir, ils entendirent faiblement la voix de Charles :

— Hé ! Je vais bien, venez me rejoindre !

La voix ne venait pas du rocher mais de leur tête. Vincent lâcha prise aussitôt. La colère fit place à la stupéfaction. Les trois amis se regardèrent.

— Je comprends votre désarroi. Je vous assure que vous n'avez rien à craindre, dit Jacob.

— Pourquoi tu ne viens pas avec nous alors ? demanda Miguel.

— Je vous l'ai déjà expliqué. L'heure n'est plus à la discussion. Le temps presse. Dès que le soleil se lèvera, le vortex se refermera. Si le sort des Nomaks ne vous intéresse plus, faites-le au moins pour Charles. Si vous voulez aider votre ami, vous devez vous décider maintenant, avant qu'il ne soit trop tard.

En maudissant intérieurement Jacob de les avoir entraînés dans pareille aventure, le trio pénétra l'un à la suite de l'autre dans le vortex.

De l'autre côté, il faisait noir à faire peur. Charles alluma la lampe frontale de son casque, aussitôt imité par ses amis. La paroi du rocher qu'ils venaient de traverser était lisse et dure. Aucune trace du trou noir, impossible de repasser au travers. Cela aurait été facile à ce moment de céder au découragement, de s'apitoyer sur leur sort.

— Allez, les gars. En route pour Asgard. On va avoir tellement de choses extraordinaires à raconter quand on va revenir! dit Charles pour remonter le moral de ses copains.

— Ouais, mais comment on va faire pour revenir, justement? questionna Vincent.

Miguel sortit la carte tracée par Olaf et ils l'étudièrent à la lueur de leurs lampes frontales. Il ne semblait pas exister de réseau de galeries communiquant entre elles. Aucun raccourci entre la montagne et la caverne ne figurait sur la carte. Olaf cherchait un moyen de sortir et de revenir vers le territoire des Nomaks. Peut-être n'avait-il pas entièrement exploré les environs souterrains?

— De toute façon, les choix qui s'offrent à nous ne sont pas nombreux. En fait, il n'y en a qu'un seul : avancer, trancha Charles. Il faut nous mettre en marche et espérer rencontrer sur le chemin un embranchement conduisant à la caverne de Saint-Léonard.

— Je ne vois pas comment on va réussir… murmura Miguel.

— Ça peut nous prendre des semaines, voire des mois, ajouta Vincent.

Ils ne disposaient pas de suffisamment de vivres pour un tel voyage. Comment Olaf avait réussi à revenir à la surface dans de telles conditions leur échappait. À moins de croire, bien sûr, à l'existence de ces multiples vortex minéraux disposés tout au long de la route. L'explication n'avait rien de logique, mais au point où ils en étaient, c'était la seule avenue à considérer. Ils se mirent donc en route à la recherche du prochain trou noir. Au moins, ils étaient ensemble pour affronter l'une des pires épreuves de leur vie.

Charles menait la marche, clé de bronze en main. Il guettait un éventuel changement de couleur des pierres. Elles leur indiqueraient la présence d'un nouveau vortex minéral. L'atmosphère de la galerie souterraine était froide et humide. Malgré leur équipement de spéléologues professionnels, les apprentis explorateurs commençaient à ressentir les effets de la température ambiante. La route était irrégulière, souvent parsemée de grosses roches. Les quatre amis devaient faire attention où ils mettaient les pieds. La hauteur de la galerie variait aussi, il leur fallait également surveiller leurs têtes. Le passage étant la plupart du temps assez étroit, il arriva à quelques reprises que l'un d'eux trébuche sur une pierre ou qu'un autre heurte sa tête contre le plafond soudainement devenu plus bas. La multiplication de ces petits accidents minait peu à peu le moral de la troupe. Tour à tour, on les entendait maugréer contre le mauvais sort qui les avait attirés dans un tel guêpier. Charles tentait de résister au flot de récriminations de ses camarades. Il lui fallait garder l'esprit clair et alerte, libre de lamentations, s'il voulait mener à bien leur première mission : se rendre à Asgard, pour ensuite trouver un chemin afin de retourner chez eux. Cela devait bien faire un peu plus de deux heures que ses copains et lui marchaient sous la terre, dans le noir le plus total. N'eut été de leur lampe frontale éclairant leur chemin, les aventuriers auraient certainement déjà perdu la tête.

— On fait une pause, les gars ? demanda Charles, avant que l'humeur de la troupe ne soit trop affectée.

— Bonne idée, j'ai faim, moi, dit Vincent.

— On sait bien, toi… se moquèrent ses amis.

115

— C'est vrai, Vincent. Mange pas trop. Vaut mieux économiser la nourriture. On ne sait pas combien de temps on va être pris sous terre.

— Au fait, Vincent, tu as perdu ton pari, dit Miguel en souriant.

— Pari? Quel pari? s'étonna Vincent.

— C'est vrai, intervint Andréa, tu avais parié que la clé de bronze ne s'illuminerait pas!

— Moi? J'ai jamais dit ça! objecta Vincent avec mauvaise foi.

— De toute façon, ça ne change pas grand-chose, répliqua Miguel. Pouvoir lui rappeler que j'ai toujours raison, je le fais déjà tous les jours, dit-il en riant.

— Ha, ha, très drôle, mort de rire, répondit Vincent en levant les yeux.

Cette petite pause eu le mérite de détendre un brin l'atmosphère dans le groupe. Mordant chacun dans une pomme, Miguel et Charles étudiaient la carte dressée par Olaf.

— Difficile d'évaluer les distances, on ne sait pas si la carte est à l'échelle. On ne peut pas vraiment estimer le temps pour atteindre le prochain vortex, dit Miguel.

— Non, mais regarde ces zones d'ombre. Ça ressemble à des débuts d'embranchements.

— Qui ont l'air de mener nulle part…

— On dirait qu'Olaf s'est surtout concentré sur les chemins pour aller et sortir du territoire nomak.

En observant de plus près la carte, ils remarquèrent des petits carrés à certains endroits. Selon Olaf, ils représentaient des sortes d'avant-postes. La plupart étaient inhabités et servaient plutôt de refuge aux voyageurs, mais il était aussi possible que quelques-uns soient encore gardés par la résistance nomak. Quelle sorte d'accueil ces Nomaks isolés leur réserveraient-ils ? En principe, le journal d'Olaf serait leur passeport vers la cité d'Asgard. Les habitants connaissaient tous la mission d'Olaf et sa quête pour ramener de l'aide de l'extérieur. Par contre, tous n'étaient pas nécessairement favorables au projet d'Olaf. Pour plusieurs, la cité d'Asgard était sacrée. Aucun résidant de la terre du Soleil n'avait jamais foulé leur territoire. Bien que les Nomaks soient un peuple pacifique, il existait parmi eux un petit groupe de dissidents. La présence des soldats allemands venait renforcer leur crainte, voire leur haine, de tout ce qui provenait de l'extérieur. Peu nombreux, ces dissidents vivaient pour la plupart à l'extérieur de la cité, et certains avaient choisi des avant-postes comme résidence. Cela apparaissait être un compromis acceptable que des esprits plus belliqueux s'occupent de la garde du territoire. Comme jamais personne n'était venu en contrée nomak, impossible de savoir comment ces Nomaks rebelles réagiraient vraiment devant nos jeunes aventuriers, si par hasard leurs chemins devaient se croiser. Autant que possible donc, la troupe tenterait d'éviter les rencontres avant d'atteindre la cité.

Une fois rassasiés et plus reposés, les quatre amis reprirent leur route. L'ambiance n'était toujours pas à la fête, mais l'instinct de survie était suffisamment présent pour les guider.

— Étrange qu'on n'ait pas encore entendu Jacob, vous ne trouvez pas ? dit Andréa.

— J'ai bien peur qu'à la profondeur où nous sommes la communication soit difficile, pensa Charles, tout haut.

— Sinon impossible… ?

— Je ne sais pas. Faudrait essayer de le contacter.

Continuant leur marche, les compagnons pensèrent tous ensemble à Jacob.

— Regardez ! Là !

Les quatre lampes frontales se braquèrent sur l'endroit désigné par Andréa. Cela ne dura qu'un instant, si bien qu'ils se demandèrent s'ils n'avaient pas été victimes d'une hallucination collective. Ils désiraient tellement avoir des nouvelles de leur ami à l'extérieur. Jacob leur apparut, silhouette fantomatique, sans un mot. Il souriait, et cela leur fit chaud au cœur. Son index indiqua sa montre plusieurs fois puis il disparut.

— Pourquoi n'a-t-il rien dit ? s'interrogea Miguel.

— Je me demande pourquoi il nous pointait sa montre… ajouta Andréa.

Spontanément, les quatre regardèrent leur montre à leur poignet.

— Cinq heures et dix, remarqua Charles.

— Impossible… la mienne aussi ! dirent Vincent et Andréa.

— Ça fait plus que deux minutes quand même qu'on est ici, je dirais même plus de deux heures ! ajouta Miguel, tout aussi consterné.

— La montre de Jacob indiquait sept heures dix. C'est donc vrai ce que disait Olaf. Une fois rendu en territoire nomak, le temps n'est plus le même.

— Nous serions déjà en territoire nomak ? s'exclama Miguel.

— Chut…

Devant eux, à quelques dizaines de mètres, se trouvait une sorte de monticule de pierres. En y regardant mieux, ils se rendirent compte que les pierres étaient disposées de façon trop ordonnée pour que ce soit naturel. Manifestement, ils étaient face à un avant-poste nomak. Quelque chose grouilla dans la pénombre.

13

L'avant-poste

D'instinct, les jeunes se baissèrent et reculèrent de quelques pas. Cachés tant bien que mal derrière un rocher, ils avaient une vue directe sur l'avant-poste nomak. Avaient-ils été repérés ? Impossible de le savoir pour le moment. Ils éteignirent leurs lampes frontales pour ne pas donner signes de leur présence. Plongés dans la noirceur, des sueurs froides ruisselaient sur leurs tempes. Ils respiraient à peine, pour ne pas faire de bruit. Chacun pouvait entendre les battements de cœur de son voisin comme autant de coups de tambour donnés par un percussionniste affolé. Andréa, qui possédait maintenant le don de vision nocturne, guettait tout mouvement en provenance de l'avant-poste. Selon le journal d'Olaf, les Nomaks avaient bien sûr aussi cette capacité avec leurs gros yeux globuleux. Une des mutations génétiques liées à leur vie souterraine. Les quatre amis pouvaient donc être vus sans le savoir. C'est pourquoi ils furent étonnés d'apercevoir de la lumière émaner du monticule de pierres. Se pouvait-il qu'ils soient en présence de soldats allemands plutôt que de Nomaks ? Selon Olaf, aucun soldat ne connaissait le réseau de galeries souterraines. Les Allemands avaient torturé plusieurs membres de la tribu afin de leur faire révéler la façon de regagner l'extérieur. Les soldats ont bientôt abandonné cette méthode, voyant bien qu'aucun supplice ne viendrait à bout de la volonté des Nomaks. De toute évidence, la bande ne pouvait pas en dire autant d'eux. Bien sûr, ils étaient braves, mais aucun ne croyait posséder assez de courage en lui pour affronter de telles souffrances physiques. Il ne leur servait à rien de rebrousser chemin, cela ne les conduirait nulle part vers l'extérieur, ils le savaient. Leur seul espoir résidait en la possibilité que la lumière qui sortait de l'avant-poste soit le signal du départ de l'occupant et non un signe que leur présence avait été détectée. Dans le meilleur des cas, ils attendraient patiemment que l'inconnu s'éloigne suffisamment avant de reprendre leur route. Espérant que la distance laissée entre eux suffirait à ne pas se faire prendre.

— Je vois quelque chose, murmura Andréa. Ça bouge, là-bas.

Tous leurs sens étaient aux aguets. Une boule de lumière franchit le seuil de l'entrée du monticule de pierres. Ils se seraient plutôt attendus à voir une torche enflammée. Ce n'était pas non plus une lampe de poche. Non, ce qu'ils voyaient était une pierre incandescente. Une vive lueur orangée en émanait. La pierre émettait juste assez de lumière pour que les jeunes puissent constater qu'une main grise la tenait. Une sorte de croassement se fit entendre, suivi par un autre. Un cri guttural à glacer le sang.

— C'est quoi, ça… ? chuchota Vincent.

— Chut…

La main agita la boule de lumière de gauche à droite, si bien que la traînée lumineuse dans le noir formait comme une ligne continue. Au loin, les compagnons entendirent une autre voix rocailleuse qui semblait répondre à l'appel de la première. En réponse, la main se mit à faire tournoyer la boule de lumière, formant cette fois un cercle lumineux. Charles songea à un phare. Andréa tapa du bout des doigts sur les genoux de ses trois amis. Son index et son majeur pointant ses deux yeux, puis en direction de l'avant-poste, signalant par là qu'elle venait de voir quelque chose. La main cessa son mouvement circulaire, puis les jeunes purent remarquer une deuxième présence s'amenant dans la lueur de la pierre incandescente. Soudain, la lumière disparut. Plongés dans le noir encore une fois, les valeureux compagnons devaient se fier à la vision nocturne d'Andréa. Ses trois amis auraient voulu lui demander ce qui se passait autour de l'avant-poste, mais ils préférèrent garder le silence, de peur qu'on ne les découvre. Ils attendirent comme ça, accroupis, un bon moment. Puis, quelqu'un tapa doucement dans le dos de Miguel. Il allait se retourner naturellement lorsqu'il se rappela qu'il était le dernier à l'arrière du groupe. Qui ou quoi pouvait bien lui taper sur l'épaule alors ? Certainement pas un de ses amis !

— *Croâ*, entendirent-ils crier derrière eux.

Tous sursautèrent en même temps.

— *Namo sta.*

Miguel et Vincent sentirent des mains les prendre sous les aisselles et les mettre debout, sans effort. Charles et Andréa qui s'étaient aussitôt retournés pour voir qui ou quoi avaient prononcé ces sons étranges virent la boule de lumière de tantôt illuminer les visages de leurs deux amis pris de panique. La voix répéta :

— *Namo sta*, avec plus d'insistance à l'endroit de Charles et d'Andréa leur avait-il semblé.

Tous deux obéirent à ce qu'ils crurent comprendre comme un ordre de se lever debout. Ils furent alors conduits vers l'avant-poste.

Comment ces deux Nomaks avaient-ils pu arriver jusqu'à eux sans être vus ? Olaf ne leur avait jamais parlé de pouvoir d'invisibilité ou de quelque chose du genre leur permettant de se déplacer d'un point à l'autre, ni vu, ni connu. Vincent pensa qu'il leur était peut-être possible de créer ces vortex minéraux à volonté. Alors que Charles songea qu'il existait peut-être bien finalement des embranchements secrets. Quoi qu'il en soit, les jeunes aventuriers se retrouvaient dans une situation qu'ils avaient fort redoutée. Leur voyage allait-il se terminer ici, dans le froid et la noirceur ? Jamais leurs familles ne retrouveraient leurs corps si loin enfoncés dans la terre. Vincent, pourtant le dur à cuire du groupe, était au bord des larmes. Les lèvres de Miguel tremblaient. Andréa avait envie de prendre chacun de ses amis dans ses bras, une dernière fois. Charles essayait de garder la tête froide. Ils ignoraient encore les intentions des deux Nomaks. L'impossibilité de communiquer avec eux dans leur langue allait sûrement rendre la discussion plus ardue. Charles comptait sur le journal de bord d'Olaf pour leur assurer un sauf-conduit. Rien ne leur indiquait par contre s'ils avaient affaire à des rebelles nomaks. Arrivés à l'avant-poste, les jeunes explorateurs furent poussés sans ménagement au fond d'une sorte de cellule sans porte. Le plus grand des deux Nomaks fit un geste circulaire avec ses mains. À peine visible, telle une toile d'araignée, un mince effet lumineux recouvra l'entrée de la cellule. Risquant le coup, Vincent tenta de faire traverser sa main au-delà de cette toile luminescente. Malgré son apparente fragilité, le voile de lumière recouvrant l'entrée s'avéra être dur comme le roc.

— On est prisonniers, les gars, dit Vincent devant l'évidence.

— Qu'est-ce qu'on va faire? se questionna Andréa en faisant les cent pas.

— Je ne veux pas mourir…

Miguel prononça ses paroles comme pour lui-même, faiblement. Il s'assit en boule dans un coin. Pourquoi les deux Nomaks les gardaient-ils prisonniers? Dans quel but? D'autres allaient-ils venir les amener? Étrangement, les deux Nomaks ne faisaient pas du tout attention à eux. Andréa avait l'impression de se retrouver dans le garde-manger d'insectes géants. Voilà pourquoi les Nomaks ne se souciaient pas d'eux, ils étaient simplement de la nourriture, se disait-elle. Avec leur allure repoussante, les Nomaks n'inspiraient certainement pas confiance. Petits, la peau grise, de gros yeux sortis de la tête, des ongles comme des griffes, on aurait dit des démons, songea Vincent. Charles décida qu'il leur fallait agir. Il sortit le journal de bord d'Olaf du sac à dos d'Andréa. En tournant les pages, il cherchait quelque chose, un dessin, n'importe quoi qui pourrait piquer la curiosité des Nomaks.

— J'ai trouvé! s'exclama Charles.

— Quoi? dirent-ils en chœur.

— Regardez.

Vers la fin du livre, Olaf avait dessiné le portrait de son amoureuse, Kaïra, la grande prêtresse, fille du chef Naori. Charles supposait que tous les Nomaks, rebelles ou pas, devaient nécessairement la connaître. Comme personne n'était jamais venu dans leur territoire, un portrait de Kaïra prouverait au moins qu'ils détenaient un document appartenant à quelqu'un qui avait manifestement déjà séjourné en terre nomak. C'était bien sûr un couteau à double tranchant. Si les quatre étaient prisonniers de Nomaks dissidents, la vue de la grande prêtresse ne les aiderait peut-être pas, au contraire. Il fallait au moins tenté le coup. Charles frappa avec ses poings contre le voile lumineux faisant office de porte à leur cellule. Les Nomaks ne le regardèrent même pas. Entêté, Charles répéta ses coups plusieurs fois. Rien n'y fit, c'est comme s'il n'existait pas.

— Peut-être ne nous entendent-ils tout simplement pas ? Si l'espèce de champ magnétique ou je ne sais quoi qu'ils ont créé est aussi dur que le roc, peut-être possède-t-il aussi ses propriétés ?

Vincent avait peut-être raison. Si la porte lumineuse agissait effectivement comme un mur de pierre, comment attirer leur attention alors ? Les quatre amis se regardèrent et pensèrent tous à la même chose. Ils se mirent à crier du plus fort qu'ils le pouvaient. L'exercice leur fit le plus grand bien, libéra nombre de tensions refoulées jusqu'ici, ils éclatèrent même de rire à la fin. Mais cela n'eut aucun effet sur les Nomaks. Résigné, Charles décida de s'asseoir devant la porte, livre ouvert sur le portrait de Kaïra, espérant que l'un des Nomaks daigne à un moment leur jeter un coup d'œil. Au lieu de ça, ils virent les deux Nomaks ramasser leurs quelques affaires et sortir de l'avant-poste, sans aucune considération pour leurs prisonniers.

— Qu'est-ce qu'ils font, où ils vont ? dit Miguel

— Chercher du renfort ? Avertir les autres ? se demanda Andréa.

L'attente leur parut très longue. Ils essayèrent encore une fois d'entrer en communication avec Jacob. Silence radio. Les propriétés du champ de force qui obstruait leur cellule devaient être nombreuses. Comme les Nomaks pouvaient eux aussi user de télépathie, la bande supposa que leur prison était non seulement à l'épreuve des coups, mais aussi des pensées. Pourquoi les Nomaks ne revenaient-ils pas ? Les avaient-ils abandonnés ?

Après un temps qui parut interminable à la bande, les deux Nomaks revinrent de leur expédition. Toujours sans un regard pour leurs prisonniers, les petits hommes gris s'attablèrent devant leur repas. Au menu, insectes variés. La vision de ces blattes, fourmis et autres insectes vivants craquant sous les dents des Nomaks leva le cœur de chacun. En un sens, cela les rassura aussi. Si leurs geôliers avaient pris la peine d'aller chercher cette nourriture, c'est qu'ils n'avaient peut-être pas l'intention de les manger, eux. À moins qu'ils ne fussent leur dessert ?... Les quatre amis chassèrent cette pensée de leur esprit. Olaf ne leur avait jamais parlé des Nomaks comme étant des cannibales. Leur imagination leur jouait des tours.

Charles était perdu dans ses pensées quand le plus petit des Nomaks remarqua finalement le portrait de Kaïra qu'il tenait encore dans ses mains. Il fit signe à son partenaire. Les deux êtres ouvrirent grand leurs gros yeux globuleux. Ils se plantèrent devant la cellule et firent de la lumière avec leur pierre incandescente. Les Nomaks n'échangèrent aucune parole. Les quatre crurent alors que leurs gardiens devaient communiquer par la pensée. Le plus grand des deux, celui qui paraissait être le chef, rompit l'effet du champ de force en un geste circulaire de ses deux mains. Charles se leva aussitôt pendant que ses trois amis reculèrent au fond de la cellule. Charles n'eut pas le temps de prononcer un mot que le journal de bord d'Olaf quitta ses mains pour se retrouver en possession du plus grand des deux Nomaks. L'autre referma tout de suite après la porte de leur prison. Charles se rua contre le voile lumineux qui les gardait prisonniers et frappa à grands coups. Inutile. À la lueur orangée émanant de leur pierre, les petits hommes gris feuilletèrent le livre d'Olaf, s'attardant parfois sur une page plus longtemps qu'une autre. À la fin, ils refermèrent le bouquin et se regardèrent intensément. Ils devaient être en train de discuter, se disaient les jeunes aventuriers. Puis, tout se passa très vite. Le champ de force fut encore une fois rompu alors que les Nomaks entraînèrent Charles à l'extérieur de la cellule pour aussitôt refermer la porte sur ses amis.

— Qui vous envoie?

— Vous... vous parlez notre langue?

— Et vous comprenez le langage de l'esprit?

— Qu'est-ce que vous voulez dire?

— Votre cerveau forme les mots, les recompose dans votre langue. Tout comme votre cerveau interprète les impulsions lumineuses que les yeux renvoient sur la rétine. Le langage de l'esprit agit aussi comme ces impulsions lumineuses. Je répète ma question : qui vous envoie?

— Olaf Olsen.

— Connais pas, répondit sèchement le Nomak.

— Vous avez vu le portrait de Kaïra, la grande prêtresse ?

— Kaïra ? Je ne l'ai jamais vue. Seuls les initiés peuvent avoir des contacts avec la famille royale.

— Olaf Olsen, l'homme qui nous envoie, il la connaissait.

— Impossible.

— Comment il aurait pu faire son portrait ? insista Charles.

— Pour moi, ce n'est qu'un dessin.

— Vous ne me croyez pas ?

— Non, répondit le Nomak sans équivoque.

— Et les cartes, les dessins de la cité d'Asgard ?

— J'y suis jamais allé. Mais les cartes des galeries sont assez exactes.

— Vous n'êtes jamais allé à Asgard ? dit Charles, surpris.

— Depuis des générations, ma famille vit hors de la cité sacrée.

— Pour quelles raisons ?

— Vous posez beaucoup de questions et donnez peu de réponses, laissa tomber le petit homme gris.

— Olaf nous a dit que la cité d'Asgard était assiégée par des soldats allemands. Nous sommes venus pour aider les Nomaks.

— Je me fous d'Asgard. Ces gens ont banni ma famille. Qu'ils se débrouillent. Les amis de la cité ne sont pas mes amis. Retournez dans votre cellule !

— Mais… qu'allez-vous faire de nous ?

14

Les grands singes

Cela paraissait assez clair. Il ne fallait rien attendre de ces Nomaks. Pourquoi ils avaient été bannis de la cité sacrée demeurait un mystère. La clé de la libération des jeunes aventuriers se trouvait peut-être là. Charles avait pris une chance en reprenant le journal de bord d'Olaf. Les rebelles nomaks auraient pu mal réagir. Mais au point où ils en étaient, Charles ne voyait pas ce qui aurait pu leur arriver de pire. L'idée de Charles était de trouver quelque chose dans le livre qui les renseignerait sur les raisons de l'expulsion de certains Nomaks d'Asgard. S'il parvenait à convaincre les honnis de retourner à la cité pour réclamer justice, Charles espérait alors les accompagner.

— Ça ne marchera jamais. Ces gars-là ne veulent rien savoir. Ils vont nous laisser mourir ici.

— Tu as peut-être une meilleure idée, Miguel?

— ...

— Non? Vincent? Andréa? Personne?

Charles avait raison. Il leur fallait se faire des alliés des deux Nomaks. Est-ce que le plan de leur copain était le meilleur pour arriver à leurs fins? C'est ce que ses amis ne tarderaient pas à découvrir. En feuilletant le livre, Charles tomba sur des illustrations assez bizarres, différentes des autres. Elles représentaient des sortes de grands singes puisqu'ils étaient extrêmement poilus. Sauf qu'ils étaient tous dessinés en station debout, très droite, comme des hommes. Deux caractères accompagnaient les vignettes. Charles pensa que ce devaient être des lettres d'un alphabet inconnu. Décidément, le journal de bord d'Olaf renfermait bien des mystères. C'est la dernière série de dessins qui mit la puce à l'oreille à Charles.

— Regardez, dit-il, on dirait un grand singe et un Nomak avec deux êtres plus petits.

— Des enfants? dit Andréa, intriguée.

— Une famille? ajouta Miguel.

— Je sais pas… mais là, vous voyez, on dirait des glandes mammaires, observa Charles.

— Une femelle? se demanda Vincent.

— Est-ce que ce serait ça le secret des Nomaks bannis? s'exclama Andréa. Des Nomaks se seraient unis à des femelles singes?

— Impossible, les codes génétiques ne sont pas compatibles, répondit Charles.

Pour une fois, ses nombreuses heures passées devant la télé à regarder des documentaires lui servaient à quelque chose.

— Au fond, c'est peut-être bien ça, murmura pensivement Charles.

— Quoi? demanda Andréa.

— Je sais que l'idée paraît folle, mais je crois que tu as raison, Andréa. À observer ces dessins, j'ai l'impression qu'ils représentent l'union entre un Nomak et une femelle de la famille des primates.

— Qu'est-ce que tu racontes là? Tu viens de le dire, c'est impossible. Les Nomaks n'ont pas pu avoir des enfants avec des singes, objecta Vincent.

— Je ne dirais pas des singes. Les traits du visage ne sont pas nettement simiesques, mais plutôt humains, répliqua Charles. Il doit s'agir d'une forme moins évoluée d'être humain.

— Des hommes de Cro-Magnon, de Neandertal? suggéra Miguel.

— Quelque chose du genre. Je me rappelle que Jacob nous a dit que les Nomaks avaient entretenu certains liens avec les habitants du Tibet. Même que des Tibétains partageraient des secrets, des pouvoirs des Nomaks.

— Ce ne sont quand même pas des hommes primitifs! protesta Vincent.

— Non… Mais qui habitent cachés dans les montagnes du Tibet?

— Non…

— Oui. Les Yétis, dit Charles. L'abominable homme des neiges pour certains, tandis que pour d'autres ce serait le chaînon manquant de l'évolution de l'homme.

— Tu veux dire que des Nomaks auraient vraiment eu des enfants avec les Yétis? s'exclamèrent en chœur les amis de Charles.

— Non. Je crois que les enfants de ces primates et les Nomaks sont devenus des Yétis.

— Si c'est vrai, c'est… c'est incroyable ! Je veux dire, ce serait toute une découverte ! s'emballa Andréa.

— Une découverte, je ne sais pas, répondit calmement Charles. Personne n'a encore prouvé l'existence des Yétis. Encore moins des Nomaks.

— Mais nous, on en a la preuve ! s'excita Vincent.

— Quelle preuve ? Le journal de bord d'un vieil illuminé norvégien ? Jamais personne ne nous croira.

— Mais les Nomaks… ils existent, on en a deux devant nous, dit Miguel.

— Et tu penses que les Nomaks vont remonter à la surface, comme ça, après des milliers d'années sous terre pour venir dire bonjour aux scientifiques du monde entier ?

Effectivement, Charles marquait là un point.

— De toute façon, peu importe les grandes découvertes et nos noms dans les livres d'histoire. L'important, pour l'instant, est de vérifier si ce que je pense a un fond de vérité auprès de nos deux Nomaks. Et si jamais cela se révélait vrai, nous aurions alors peut-être une chance de les réhabiliter.

— Qu'est-ce que tu veux dire ? demanda Miguel.

— En supposant que des Nomaks furent bannis de leur peuple pour avoir fait des enfants avec des êtres humains moins évolués, la seule raison selon moi de leur bannissement repose peut-être sur la peur du monde extérieur. La crainte surtout que ces enfants deviennent la preuve de leur existence.

— Je ne te suis pas… dit Vincent en plissant les yeux.

— Nous sommes des habitants du monde extérieur, vrai, répondit Charles. Et nous, nous n'avons jamais vu de Yétis. Personne n'a jamais vu de Yétis. C'est donc que les Yétis, s'ils existent, n'ont jamais révélé le mystère de leurs origines. Ils ont toujours vécu cachés. Les Yétis auraient donc préservé le secret de leurs parents.

— Et tu crois que ce serait suffisant pour réhabiliter le clan des Nomaks bannis ? questionna Miguel.

— Je ne sais pas… Mais ça vaut la peine d'essayer. On n'a rien à perdre.

Maintenant, comment en parler aux deux Nomaks ? Ils ne leur prêtaient toujours pas plus attention qu'avant. Crier ou frapper contre la porte ne leur avait pas réussi plus tôt. Jacob leur avait dit que leur grande force était l'amitié qui les unissait. C'est pourquoi ils avaient pu développer le don de communiquer par la pensée. Si justement les quatre amis réussissaient à allier leurs forces, peut-être qu'ensemble ils pourraient entrer en contact avec l'un des deux Nomaks. Les jeunes se placèrent en cercle comme à l'hôpital avec Olaf et Jacob. Devant la porte de leur prison, en se tenant par la main, ils fixèrent leurs pensées sur un but unique, l'esprit du Nomak avec qui Charles avait parlé. Ils pensèrent tous en même temps : « Regardez-nous. » Charles et ses amis ne connaissaient pas la puissance de leur faculté. L'effet fut immédiat. On aurait dit que le grand Nomak avait été frappé par la foudre. Il bondit de son siège, comme projeté, en se tenant la tête à deux mains. Il les regarda, ahuri, déboussolé. L'autre Nomak ne comprenait pas ce qui arrivait. Son collègue lui faisait des signes désespérés vers les enfants. L'acolyte vit alors le groupe en cercle et saisit la situation. Par malheur, la bande n'arrivait pas à rompre le courant d'énergie qui émanait d'eux. Le pauvre Nomak se tordait de douleur. Les jeunes doués étaient encore loin de maîtriser leur nouveau pouvoir. L'autre Nomak s'empara alors de la pierre incandescente et l'agita devant la porte du cachot. En vitesse, il se précipita sur les mains de Vincent et de Charles et essaya de les disjoindre. Il dut s'y prendre plusieurs fois avant de réussir à les séparer. Une fois sa tâche accomplie, le grand Nomak put enfin respirer. Les quatre amis semblaient tout aussi ébranlés.

La seule façon de communiquer avec les Nomaks était par la pensée. Mais après ce qui venait d'arriver, les Nomaks étaient plus craintifs. Alors, Charles prit le journal d'Olaf et leur montra la page avec les croquis de la famille. Interloqués, les deux petits hommes gris ne savaient comment réagir. Quand le groupe vit poindre une lueur de rage dans les yeux du chef, les membres reformèrent aussitôt le cercle, comme une défense plutôt qu'une menace. Le Nomak avait eu sa dose ; il réfréna sa colère et murmura probablement des injures en une langue incompréhensible. Le plus petit des deux s'avança et tendit les mains vers Charles. On le sentait nerveux. Les jeunes prirent son geste comme un signe d'ouverture. Charles regarda les gros yeux globuleux devant lui et chercha à voir s'il ne s'agissait pas d'une ruse. Il joignit ses mains à celles du jeune Nomak.

— Qui vous envoie ?

— Je lui ai dit tantôt, répondit Charles, nous sommes venus pour aider.

— Ce sont les gens de la cité qui vous ont donné ces dessins ?

— Qu'est-ce qu'ils représentent pour vous ?

— Vous le savez très bien, argua le Nomak.

— On en a une petite idée, mais j'aimerais que vous nous le confirmiez.

— Ces dessins représentent… beaucoup de douleur.

— De douleur? s'étonna le garçon.

— Oui. Ils évoquent la cause de notre injuste expulsion de la cité sacrée. Mes ancêtres, que le grand Mammouth ait pitié, dans leur grande générosité ont un jour accueilli les membres d'une tribu décimée par le grand froid. Des femmes et des enfants erraient à proximité de l'entrée du sanctuaire. À cette époque, les Nomaks montaient encore parfois la garde à l'orée. Ces pauvres égarés cherchaient à manger. Ils ont été pris en train d'arracher des morceaux de viande des squelettes de mammouth. Sacrilège, bien sûr. En temps normal, mes aïeux auraient dû les exécuter sur-le-champ, telle était la loi pour quiconque ose profaner les restes du dieu Mammouth. Pris de pitié, ils ne purent se résoudre à les tuer. Ils décidèrent plutôt de les aider en leur construisant un abri à l'écart du sanctuaire et leur apportèrent de la nourriture, surtout pour les jeunes enfants. Personne n'était au courant. Chaque jour, ils venaient vérifier comment ils allaient. Ils leur fournirent des armes pour se défendre et chasser. Et arriva ce qui devait arriver. Mes aïeux, fiers de leur progéniture, voulurent présenter leur nouvelle famille au grand chef pour les faire admettre parmi nous. Rien dans nos lois n'interdit la venue de gens de l'extérieur, mais rien non plus ne l'autorise. Quand ils révélèrent les circonstances entourant la découverte de ces femmes et enfants, ils furent traités en traîtres. Pour eux, il était évident que c'était une question de survie. Les femmes voulaient seulement nourrir leurs bébés. Le conseil des sages ne l'entendit pas ainsi. Il y avait eu sacrilège. Mes ancêtres furent donc bannis de la cité sacrée et condamnés à vivre loin des leurs. Certains parmi les Nomaks trouvaient la décision trop sévère, injuste. Le grand chef plaida qu'il lui fallait protéger leur clan, et qu'en ne condamnant pas comme il se doit la profanation des restes du grand Mammouth, nous risquions de perdre sa protection. Devant tant de dureté, plusieurs décidèrent de quitter Asgard et de s'établir dans les avant-postes.

— Et si je vous disais qu'il y a un moyen de réhabiliter la mémoire de vos ancêtres?

— C'est inutile.

— Écoutez-moi d'abord, vous verrez après.

— C'est une perte de temps, mais bon.

— Nous pensons que la progéniture de vos aïeux a fleuri. Jamais personne n'a pu prouver leur existence par contre. Selon les légendes, la descendance de vos ancêtres aurait été aperçue dans les montagnes du Tibet et ailleurs en Amérique. Il porte plus d'un nom : Yéti, Sasquatch, Big Foot… Je voudrais que vous sachiez que jamais ces êtres n'ont été capturés et ils n'ont donc jamais révélé leurs origines, préservant votre secret.

— Tant mieux, mais cela n'efface pas la trahison de mes ancêtres.

— Vous savez que la cité d'Asgard est sous le joug de soldats venus de l'extérieur?

— La rumeur a couru le long des pierres.

— Et si les Nomaks bannis nous aidaient à débarrasser la cité sacrée des envahisseurs?

— Pourquoi ferions-nous ça? Jamais les gens de la cité ne se sont préoccupés de notre sort!

— Ne croyez-vous pas qu'il serait temps que le conflit se termine?

Journal de bord

*L*e spectacle qui s'offrit à nous était à la fois grandiose et inquiétant. Mon père croyait avoir découvert un cimetière d'éléphants. D'immenses cornes d'ivoire jonchaient le sol. Je n'avais jamais vu d'éléphant en vrai, seulement dans des livres. Je savais que ces défenses gigantesques ne pouvaient appartenir à des pachydermes ordinaires. À voir la taille des dizaines de squelettes encore intacts, il devait s'agir de géants. Je ne sais pas pourquoi l'évidence ne m'est pas apparue. Mon père s'est aussitôt écrié : « Des mammouths, Olaf, tu te rends compte ? » Je l'admets, des pensées mercantiles me submergèrent un instant. Autant d'ivoire en un seul endroit ! Nous étions si peu riches. Je ne voyais pas comment nous pourrions rapporter ne serait-ce que le centième de ce trésor chez nous. Pendant que j'étais occupé à réfléchir au moyen de tirer profit de notre découverte, mon père poursuivit son exploration des lieux. Au fin fond du sanctuaire se trouvait un crâne de mammouth encore plus gros que les autres. Derrière les cavités pour les yeux, on pouvait deviner l'entrée d'une grotte. Un étrange sentiment nous habitait alors que nous traversions la gueule du mammouth, comme si la bête allait prendre vie à tout moment et nous broyer de ses puissantes mâchoires. Après avoir pénétrés plus avant dans la caverne, nous nous demandions jusqu'où elle pouvait nous conduire. Des signes bizarres étaient peints ou gravés sur les murs. Étonnamment, malgré la profondeur où nous étions rendus, et la noirceur qui nous entourait, les gravures sur les parois brillaient d'un faible éclat comme autant de balises nous indiquant le chemin. Nous marchions depuis un bon moment quand quelque chose surgit du noir. Impossible de dire combien ils étaient, nous n'y voyions rien, mais ils devaient être plusieurs. Nous sentions leur présence, tout autour de nous. Quelle sorte d'animal fantastique pouvait bien vivre dans les profondeurs de la terre ? Pour l'instant, nous espérions simplement qu'ils n'étaient pas affamés.

Olaf Olsen

15

En route

Le plus jeune des deux Nomaks se nommait Karok. L'autre était son père et s'appelait Binko. Après une longue discussion entre eux à laquelle les jeunes aventuriers ne purent bien sûr comprendre aucun mot, Binko fit signe aux quatre amis qu'ils voulaient leur parler. Le père et le fils joignirent leurs mains griffues à celles des garçons. Les Nomaks informèrent la troupe de leur décision quant au plan proposé par Charles. Binko prit la parole.

— Comme nous n'avons jamais eu affaire avec des gens de l'extérieur, nous ne nous sentons pas capables de vous accorder notre pleine confiance. Toutefois, le journal que vous nous avez montré contient sinon des preuves, du moins suffisamment d'informations privilégiées pour prêter foi à vos dires.

— À ce jour, le clan des exclus ne s'était jamais senti concerné par les affaires de la cité sacrée, poursuivi Karok. Alors, que des soldats terrorisent ses habitants, cela nous semble un juste retour des choses après tant d'années d'injustice.

— Mon fils dit vrai, ajouta Binko. Personne d'Asgard n'est jamais non plus venu demander notre aide en cette matière, sachant probablement qu'il aurait été difficile de nous la solliciter.

— Notre réponse à une telle requête devait leur paraître évidente, dit Karok.

— Je doute même que cela pût avoir été envisagé par les orgueilleux membres de la cité de toute façon, regretta Binko. Sauver les résidants d'Asgard nous importe peu. Réhabiliter la mémoire de nos ancêtres, par contre…

— On aimerait bien leur remettre la monnaie de leur pièce et leur faire ravaler leurs paroles.

— Pardonnez l'impétuosité de mon fils. Mais si on peut apporter la preuve que la descendance de nos aïeux, les Yétis, ne nous a pas trahis finalement et qu'elle a vécu cachée comme nous du reste du monde, cela pourrait s'avérer une douce vengeance. Et si la paix exige de nous de combattre les envahisseurs allemands, pourquoi pas ?

— Mon père est sage. Si cela est le seul moyen pour nous de rétablir l'unité des Nomaks, nous considérons que cela en vaut la peine.

Après tant d'années où les exclus furent maudits et vilipendés, s'ils aidaient à sauver la cité sacrée, leurs noms seraient peut-être enfin chantés en louange. La chance d'effacer l'injustice commise à l'endroit de leurs aïeux et de devenir des héros pour leur peuple leur souriait. Par contre, comme Binko et Karok ne pouvaient avoir l'assurance que le récit de Charles et ses amis, tout enchanteur qu'il était, pût être entièrement vrai, ils convinrent d'un marché.

— Toi, montrant Charles, tu vas accompagner Karok à la cité. Mais seulement toi. Tes amis vont demeurer ici, sous ma garde. Comme ça, si votre histoire n'est qu'un piège pour nous attirer à Asgard…

C'était à prendre ou à laisser. Jusqu'ici, les quatre amis n'avaient jamais considéré la possibilité d'être séparés. Eux non plus, se disaient-ils, ne voyaient pas comment ils pouvaient faire confiance aux deux Nomaks. Olaf leur avait parlé d'un peuple pacifique, voire mystique, mais il n'avait jamais rencontré des membres du clan des exclus. Qu'est-ce que Binko et son fils auraient fait d'eux si Charles ne les avait pas convaincus, même partiellement, du bien-fondé de leur mission ? Les auraient-ils vraiment laissés à leur triste sort ? Rien ne leur prouvait leurs supposées bonnes intentions. Est-ce que la bande avait le choix ? L'offre était à prendre ou à laisser. Charles risqua tout de même une demande :

— Je voudrais que mon amie Andréa nous accompagne. Les deux autres peuvent rester.

Karok avait vu ce que les jeunes étaient capables de faire contre son père. Il avait peur qu'à deux contre lui, advenant le cas, le combat soit inégal. Le fils de Binko se garda bien de révéler ses craintes de peur de paraître faible, autant devant les jeunes qu'aux yeux de son père. Binko ne s'y opposa pas, il avait confiance en son fils. Karok accepta, ne voulant pas décevoir son père.

Vincent et Miguel ne comprirent pas tout de suite pourquoi Charles insista pour qu'Andréa fasse partie du voyage et pas eux. Vincent était le plus fort d'entre eux, alors que Miguel se montrait le plus agile. Andréa était bien maligne et maniait la fronde comme pas un, mais ils ne voyaient pas ce qu'elle pourrait faire de plus qu'eux contre des soldats expérimentés au combat. Par contre, Andréa était la seule parmi eux à avoir une vision nocturne. Charles se disait que dans cet environnement souterrain, Andréa possédait là un avantage. D'autant plus que les deux Nomaks ne savaient rien de son don.

Avec Karok comme guide, pierre incandescente à la main, les deux amis se mirent donc en route pour la cité d'Asgard. Ils entendirent chacun dans leur tête les mots d'encouragement de leurs copains laissés derrière. Cela leur fit chaud au cœur de savoir que, malgré tout, ils n'étaient pas tout à fait séparés. Le chemin était parsemé de roches de différentes tailles, la hauteur du plafond variait souvent abruptement. Habitué, Karok avançait rapidement, ne se souciant pas plus qu'il ne faut des chutes occasionnelles de ses compagnons de marche. Andréa le soupçonnait d'y prendre un certain plaisir. Elle n'avait pas tout à fait tort. Karok se disait que tant que les deux jeunes ne se sentiraient pas rassurés, ils n'auraient pas l'idée de l'attaquer. La confiance ne régnait pas, d'un côté comme de l'autre. Après un bon moment, Karok s'arrêta. Andréa remarqua que les pierreries de la clé de bronze avaient changé de couleur. Discrètement, elle remit la clé dans son sac. Le Nomak ne savait pas que la bande possédait le moyen de trouver les vortex.

— Ce passage mène à un autre avant-poste. Je vais passer le premier. Si des gens de notre clan vous voient apparaître avant moi, je ne sais pas quel sort ils pourraient vous réserver, dit Karok en souriant un peu trop au goût d'Andréa.

Charles eut soudain peur que Karok ne les abandonne là. Et si séparer les quatre amis pour mieux s'en débarrasser fut en fait leur véritable plan ? Andréa sentit l'inquiétude de son ami. Dans la lueur de la pierre incandescente de Karok, elle le regarda en faisant signe que non. Charles eut alors une pensée pour Jacob. Si seulement il pouvait être là. Est-ce que ce fut son imagination ? Pendant un moment, au centre du vortex que venait de créer Karok, Charles eut l'impression de voir le visage de Jacob apparaître puis disparaître aussitôt. Karok recula d'un pas, effrayé.

— Qu'est-ce que c'est que cette magie encore ?

— Quoi ? dit Charles.

— Le visage.

— Quel visage ? dit Andréa.

— Le visage de… Vous ne l'avez pas vu ?

— Non, dit Charles, choisissant de mentir.

— J'ai dû rêver. Avec toutes ces histoires… Bon. Allons-y.

Alors que Karok franchit le vortex, Andréa interrogea Charles du regard. Elle connaissait trop bien son ami, elle savait qu'il n'avait pas dit la vérité.

— Pas maintenant. Je t'expliquerai, murmura-t-il.

L'un après l'autre, les deux jeunes aventuriers traversèrent le rocher. Karok les attendait à quelques pas. On aurait dit qu'il sentait l'air autour de lui.

— Bizarre…

— Quoi ? demandèrent les deux amis.

— Quelque chose est passée par ici.

Karok inspecta les alentours. Non loin, un autre avant-poste, semblable au précédent, s'y trouvait. Les deux l'y accompagnèrent.

— Quelqu'un est venu ici.

— D'autres Nomaks? dit Charles.

— Je ne sais pas. Ça sent… ça sent la peur.

— La peur? s'inquiéta Andréa.

— Oui.

— Est-ce que des soldats allemands auraient pu venir jusqu'ici? demanda Charles.

— Ça fait longtemps que je ne suis pas venu à cet avant-poste. Il est habituellement désert. Mais…

Karok s'interrompit. Son regard fut attiré par quelque chose. Il fit quelques pas pour s'en approcher. Charles et Andréa le suivirent. Derrière l'avant-poste, de l'eau s'écoulait de la paroi et formait un ruisseau. Un gobelet de métal traînait par terre. Karok le ramassa, le renifla.

— Un objet de l'extérieur… On dirait bien que les soldats cherchent la sortie et semblent près d'y arriver.

— Est-ce que c'est possible? demanda Charles. Sommes-nous loin de la cité?

— Ça dépend. Si on utilise les vortex, pas tellement. Mais sinon, à pied, c'est une très très longue marche. Je ne sens pas de présence Nomak dans l'air. À moins que…

Karok se mit à courir, laissant Andréa et Charles stupéfaits derrière. Andréa voyait leur guide s'éloigner dans le noir. Elle prit la main de Charles.

— Viens, on va le suivre, sinon…

Elle ne termina pas sa phrase. Pour la première fois depuis le début de leur aventure, les deux copains avaient peur pour leur vie. Si des soldats allemands rôdaient dans les parages, qu'est-ce qu'eux pourraient faire contre leurs armes? Avançant à tâtons, soudain ils entendirent un cri. Plutôt une plainte, une lamentation. De la douleur. Karok était-il tombé dans une embuscade, était-il blessé ? Que devaient-ils faire ? Rebrousser chemin ? Andréa avait la clé de bronze leur permettant de trouver leur chemin de vortex en vortex. Ils pouvaient toujours aller chercher Binko à la rescousse. C'était peut-être de la folie, mais le duo décida quand même de s'approcher. Ils étaient encore non loin du vortex qui les avait amenés ici. Même en s'avançant plus loin, ils y seraient rapidement à la course. En espérant que les soldats n'avaient pas découvert le secret des vortex. Marchant lentement, conscients de la distance les séparant de leur porte de sortie, ils progressaient vers l'origine du cri entendu plus tôt. Grâce à sa vision nocturne, Andréa crut voir au loin Karok agenouillé, de dos.

— Vois-tu d'autres choses, des soldats ?

— Non, répondit-elle. Il est seul. Approchons-nous encore un peu.

— OK, mais pas trop.

L'envie de héler Karok les tenaillait. Mais si les lieux grouillaient de soldats armés, valait mieux ne pas se faire repérer. Karok ne bougeait toujours pas, sinon un vague mouvement d'avant en arrière, comme s'il se berçait à genoux. Les environs paraissaient déserts et il n'y avait pas vraiment d'endroit pour se cacher non plus. À peine rassurés, Charles et Andréa s'amenèrent auprès de Karok. Ce qu'ils virent les décontenança. Karok tenait dans ses bras le corps apparemment sans vie d'un jeune Nomak.

16

La rage au cœur

Karok berçait tendrement le corps d'un jeune Nomak. Du sang séché tachait sa tempe. Une balle de fusil avait mis fin à ses jours. Les Nomaks étaient peu habitués à la mort, eux qui vivaient des centaines d'années. Ils étaient encore moins familiers avec la mort violente. Jamais aucun d'entre eux n'avait tué un de ses semblables. Les émotions que vivait Karok étaient nouvelles pour lui. Le chagrin fit bientôt place à la rage. Il déposa le corps sans vie et se releva prestement. Le visage défait, il fit face à Charles et Andréa.

— Qui a fait ça?

Devant le bouleversement du petit homme gris, les deux amis ne savaient comment réagir.

— Qui a fait ça? Répondez-moi!

Andréa aurait voulu consoler Karok, mais la colère qui habitait le Nomak lui faisait peur.

— C'est ça, votre monde? Des gens qui tuent des enfants? C'est ça?

— C'est pour ça que nous devons nous rendre à Asgard. Pour éviter d'autres morts, s'entendit dire Charles sur un ton solennel. Comme si ce n'était pas lui qui avait prononcé ces paroles, mais plutôt Jacob. Charles n'eut pas le temps de se poser plus de questions que déjà Karok, troublé, continuait :

— C'était mon jeune frère... Maerik. Nous avions eu une dispute il y a quelque temps. Il voulait se rendre à Asgard. Et voilà ce qui est arrivé...

Il y eut un long moment de silence. Charles et Andréa se demandaient si Karok se sentait coupable du meurtre de son frère ou s'il en voulait aux habitants de la cité sacrée pour n'avoir pas su le protéger. Peut-être que Maerik n'avait pas eu le temps de se rendre à Asgard et avait été victime des soldats en chemin ? Il était impossible pour eux de savoir à quand remontait la mort du jeune Nomak. Karok les surprit alors qu'il enlaça tour à tour les deux amis.

— Allons venger mon frère.

Ni Charles ni Andréa n'osa demander si l'intention de Karok concernait les résidants de la cité ou les soldats allemands. Ils le découvriraient bien assez vite. Pour l'instant, l'important était pour eux d'avancer, de se rendre à Asgard afin de trouver le chemin du retour à la maison. Restait le moyen de libérer Vincent et Miguel. Si les jeunes aventuriers remplissaient leur mission auprès des Nomaks, sûrement ceux-ci les aideraient tous à rentrer chez eux. C'est du moins sur cet espoir que reposaient leurs actions. Charles ne parla pas de la voix de Jacob à Andréa. C'était inutile de toute façon. Son amie avait elle aussi reconnu les intonations de Jacob dans la voix de Charles. Sa présence mystérieuse leur faisait aussi croire que tout n'était pas perdu, que même loin d'eux Jacob veillait sur eux et les aidait à sa manière. Ils devaient juste être attentifs et suivre leur intuition.

Karok souleva le corps de son frère et l'emporta jusqu'à l'intérieur de l'avant-poste. Il aurait voulu lui offrir une meilleure sépulture, mais le temps pressait. Le Nomak s'agenouilla devant la dépouille et prononça quelques paroles à voix basse. Puis, d'une voix gutturale, il chanta une sorte d'hymne au mort. C'est du moins ce que pensèrent Andréa et Charles qui se tenaient en retrait. La cérémonie improvisée terminée, Karok se leva et respira profondément.

— Allons-y.

Le garçon et la fille emboîtèrent le pas.

— Nous allons prendre un raccourci. Je ne sais pas s'il fonctionne encore. Maerik a probablement voulu l'utiliser, avant que les soldats…

Karok fit tournoyer sa pierre incandescente au-dessus du sol. Le vortex s'ouvrit à leurs pieds.

— Je ne suis jamais passé par là. Ce passage est supposé mener directement à Asgard. De deux choses l'une. Soit nous ne débouchons pas dans la cité, et je ne connais pas le chemin pour la suite, et nous pourrions nous perdre. Soit nous nous retrouvons effectivement à Asgard, mais sans savoir où. On pourrait très bien ressortir sur la place de Hlidskjalf, au centre de la cité, comme nous pourrions avoir la mauvaise fortune de tomber en plein devant un groupe de soldats. Êtes-vous prêts à courir le risque ?

— On n'a pas le choix, je suppose, dit Charles, en accord avec Andréa.

— Je vais passer le premier. Tendez l'oreille. Il se peut que vous soyez capables de m'entendre. Si je crie, c'est qu'il y a un danger.

— Bonne chance.

Karok se laissa glisser dans le vortex minéral pour bientôt disparaître. Le duo se coucha par terre, l'oreille tendue au-dessus du vortex. Ils savaient qu'ils ne pourraient attendre longtemps, l'ouverture allait se refermer rapidement. Seraient-ils capables de la rouvrir ? Et s'ils n'entendaient rien, ça ne voulait pas nécessairement dire que tout danger était écarté du côté de Karok. Il était bien possible que les jeunes ne puissent rien entendre de leur côté.

— Ça fait une minute, remarqua Andréa.

— Combien de temps le vortex peut-il demeurer ouvert ?

— Aucune idée !

— On y va ?

— Passe le premier.

— Merci, trop aimable… peureuse, taquina Charles.

En souriant, malgré sa peur, Charles se glissa dans le vortex, aussitôt suivi d'Andréa qui détestait qu'on remette son courage en doute. Arrivés de l'autre côté, aucune trace de Karok ! Le garçon et le fille n'osèrent pas trop s'avancer. À leurs pieds coulait un ruisseau qui débouchait sur une étendue d'eau assez importante, presque un lac. Ils étaient à l'intérieur d'une grotte dont l'entrée n'était qu'à une vingtaine de pas. Ce qui les étonna fut le reflet de lumières sur ce lac. L'endroit paraissait éclairé par on ne sait quoi. Ils auraient pu sortir pour en avoir le cœur net, mais ils préférèrent attendre un peu. Où était Karok ? Des soldats l'avaient-ils emmené ?

Nerveusement, Andréa sortit sa fronde, prête à faire face à toute éventualité, lorsque le regard de Charles tomba sur la pierre de Karok par terre. Celle-ci n'émanait plus de lumière. Charles la ramassa. Pourquoi Karok se serait-il séparé de sa pierre ? Troublés, les deux amis commençaient à être gagnés par l'anxiété. Que devaient-ils faire maintenant ? Les jeunes aventuriers étaient seuls face à l'inconnu.

Armée de sa fronde, Andréa s'avança lentement vers la sortie, en essayant de ne pas se faire voir. Elle comprit alors d'où venaient les reflets de lumières sur l'eau. Des torches brûlaient aux quatre coins de la cité. Signe que les soldats allemands étaient maîtres des lieux, les Nomaks n'utilisant pas le feu pour s'éclairer. L'endroit semblait désert à première vue. Du coin de l'œil, Andréa perçut un mouvement à sa droite. N'attendant pas de savoir ce que c'était, elle recula aussitôt à l'intérieur de la grotte et avertit Charles. Enfoncés dans la caverne, les deux amis étaient prêts à tout quand Karok fit son entrée.

— Tu nous as fait peur ! dit Andréa. J'aurais pu te tirer dessus avec ma fronde.

— Où tu étais ? questionna Charles.

— Désolé. J'ai fait un petit tour de reconnaissance.

— Et puis ?

— Je pense que j'ai été…

Karok n'eut pas le temps de finir sa phrase.

— *Kommen sie heraus, die Hände in der Luft* !

Des soldats allemands leur ordonnaient de sortir, les mains en l'air. Il ne leur servait à rien de résister. Les soldats étaient armés. Lentement, Charles et Andréa obéirent aux ordres. Ils se retrouvèrent encerclés par trois soldats qui n'avaient pas le goût de rire. Karok manquait à l'appel. Les deux amis eurent juste le temps de se retourner pour voir le Nomak courir vers le vortex. Deux soldats maintinrent solidement Charles et Andréa par les épaules alors que l'autre se précipita trop tard dans la grotte. Le vortex s'était refermé, Karok eut juste le temps de s'enfuir. Les militaires en furie criaient des paroles incompréhensibles. Pendant un moment, Andréa et Charles eurent peur d'être victimes de la colère des Allemands. Apeurés, les deux copains s'étaient, sans s'en rendre compte, collé dos à dos, les mains toujours dans les airs. Sans comprendre ce que les soldats leur demandaient, les jeunes aventuriers furent poussés sans ménagement vers la cité.

Ils empruntèrent une espèce de long corridor bordé d'inquiétants colosses sculptés dans le roc. On aurait dit une allée remplie de géants en prière, les mains jointes sur la poitrine. Ils étaient tous affublés d'une grande toge recouvrant tout leur corps et d'un capuchon qui masquait leur visage à moitié. Charles et Andréa avaient l'impression que leur procession était épiée par les regards de pierre des statues. À la lueur des torches des soldats, on pouvait remarquer que chacune des sculptures était différente. Il s'agissait de toutes les grandes prêtresses nomaks qui s'étaient succédées. Arrivés au bout du chemin, ils devaient passer sous une porte monumentale. Au-dessus étaient gravés des caractères comme les jeunes en avaient vu dans la caverne Saint-Léonard. Charles espérait que ces inscriptions n'avaient rien à voir avec le fameux ver de Dante à l'entrée des enfers, « Vous qui entrez ici, abandonnez tout espoir ». Au-delà du seuil se dressaient ce qu'ils avaient d'abord cru être d'autres portes, à perte de vue, chacune recouverte d'autant de signes et de symboles inconnus. Cela ressemblait à d'immenses pierres tombales érigées dans un désert de roches. En s'approchant, ils constatèrent qu'ils avaient plutôt affaire à de nombreuses colonnes d'une hauteur démesurée. Pendant un moment, Charles et Andréa crurent voir à leur sommet inaccessible des Nomaks assis autour d'un feu, dans un état de recueillement. Derrière la première colonne se dessinait un sentier. Au bout, on pouvait apercevoir une sorte de muraille construite avec des os tous plus gros les uns que les autres. Avec ce matériau, cela aurait pu donner un air funeste, mais il n'en était rien. Au contraire, l'effet était majestueux. Jadis, il avait dû y avoir des Nomaks qui en surveillaient l'entrée, juchés dans ce qu'on devinait être des tours de garde. Quand les deux amis franchirent le portail d'ossements, ils se sentaient comme s'ils pénétraient dans les entrailles d'une bête fantastique.

Éclairée de-ci de-là par les feux des torches, la cité d'Asgard leur apparaissait enfin. L'endroit lui-même semblait vivant, mais au repos, comme en état de méditation. Un peu partout, les ombres dansantes d'imposantes statues de mammouths donnaient l'impression qu'elles étaient en vie. À tout moment, on aurait pu croire que l'un des immenses pachydermes allait se mettre à marcher, nous piétiner ou allait barrir, la trompe en l'air. Tout au long du chemin, Charles et Andréa ne rencontrèrent aucun Nomak. À croire qu'ils avaient tous fui. Mais bientôt, les yeux des jeunes s'habituèrent à la pénombre. Ils purent alors remarquer les multiples trous dans les hauteurs des parois. Des silhouettes reculaient devant le défilé. De toute évidence, on les épiait, cachés. Ces cavités dans le roc leur faisaient penser aux alvéoles d'une ruche. Elles devaient être les habitations des Nomaks. Charles se souvenait des dessins d'Olaf. Il lui semblait en avoir déjà vu de semblables dans certaines régions désertiques reculées. Ces maisons dans les montagnes constituaient de véritables labyrinthes, communiquant entre elles par de multiples passages. Les Nomaks y avaient probablement trouvé refuge. Quiconque voudrait s'y aventurer pourrait sûrement s'y perdre. Tout de même, les Nomaks devaient être pas mal plus nombreux que les soldats allemands. Pourquoi les Nomaks n'avaient-ils pas défait les militaires ? Même si ces derniers étaient armés, la force du nombre aurait dû suffire à les vaincre ? Arrivés sur la place centrale, Charles et Andréa eurent un choc. Un trône géant fait de pierres et d'os occupait presque tout l'espace. Les bras et les jambes du siège étaient de forme humaine, surmontés d'un crâne de mammouth illuminé par un feu à l'intérieur. Le tout donnant l'aspect d'une créature mi-homme, mi-animal au regard flamboyant. Deux Nomaks se tenaient debout sur la chose. Charles les reconnut aussitôt, Olaf les avait bien dessinés. Les Allemands détenaient le chef, Naori, et sa fille, la grande prêtresse Kaïra. Ils étaient enchaînés l'un à l'autre par les chevilles, comme de vulgaires criminels. Deux soldats les maintenaient constamment dans leur ligne de tir.

Andréa avait envie de sortir le journal d'Olaf pour le montrer à Kaïra. Lui dire qu'Olaf avait réussi, qu'il était vivant. Son intuition lui dictait le contraire. Si les soldats allemands venaient à prendre possession du livre, ils pourraient alors peut-être y trouver le moyen de regagner la surface. Tant que les militaires étaient prisonniers des profondeurs de la Terre et ignoraient comment sortir d'ici, les jeunes conservaient un mince avantage. L'un des soldats qui les avaient capturés parla avec celui qui semblait être leur chef. Malgré sa tenue débraillée, les grades étaient encore bien en évidence sur son uniforme. L'homme de forte stature en imposait. La mâchoire carrée, le visage émacié, le nez aquilin, le regard perçant, il avait tout d'un aigle planant au-dessus d'eux. Andréa et Charles se sentaient comme des proies bien fraîches offertes à un grand oiseau rapace. L'officier nazi s'adressa au chef en lui montrant les deux prisonniers. Naori semblait comprendre son langage. Après des années de cohabitation forcée, les Nomaks avaient dû apprendre les rudiments de la langue de leurs envahisseurs. La discussion était animée. Charles aurait bien aimé pouvoir saisir de quoi il était question, même s'il s'en doutait. Le haut gradé devait poser des questions sur les enfants et Naori ne pouvait répondre. Le chef des soldats était visiblement agacé. Il ne croyait pas Naori quand il disait ignorer qui étaient ces deux enfants.

Plus Charles concentrait son regard sur l'officier nazi, plus il avait l'impression de pouvoir presque l'entendre penser. Quelque chose lui disait de chercher le regard de l'homme. Mais Charles n'arrivait pas à s'y résoudre. Il lui aurait fallu pour cela se déplacer et prendre position face au gradé allemand. Charles décida d'attendre un moment plus propice, quand son mouvement pourrait alors paraître plus naturel. Sans le savoir, Charles était sur le point de développer le don de lire dans les pensées.

Au terme de la discussion entre l'officier nazi et Naori, deux soldats s'avancèrent et vinrent enchaîner à leur tour

Charles et Andréa. Ils furent conduits avec Naori et Kaïra dans une sorte de cellule. C'est ce moment que choisit Charles pour poser son regard au fond des yeux du chef des soldats.

17

Le retour de Gaïdjin

Cela faisait un bon moment que Charles et Andréa étaient partis avec Karok. Vincent et Miguel, au fond de leur cellule, se demandaient bien ce qu'il adviendrait d'eux si jamais leurs amis ne revenaient pas. Vincent arpentait leur cachot en espérant y trouver une faille quelconque, un moyen de s'en évader. Miguel s'était assis par terre au centre et attendait que l'inspiration d'un plan d'évasion lui tombe dessus.

— Voudrais-tu arrêter de marcher de long en large autour de moi, s'il vous plaît, dit Miguel, un brin excédé.

— Pourquoi?

— J'essaie de me concentrer.

— Et moi, j'essaie de nous trouver un moyen de sortir d'ici pendant que monsieur « réfléchit ».

— Chacun sa méthode.

— Méthode? Assis par terre? C'est quand la dernière fois que tu as vu un prisonnier s'enfuir de cette façon?

— Et toi, tu espères peut-être creuser un trou dans la roche avec tes semelles à force de marcher?

Ils s'accusaient souvent l'un l'autre des pires défauts, pour rire. Au fond, il s'agissait d'un jeu pour chasser la tension du moment. Sauf que cette fois, il n'y avait pas de sourire dans leurs voix. La discussion aurait rapidement pu dégénérer n'eut été de l'appel au secours d'Andréa. Vincent et Miguel furent tous les deux saisis. Le cri retentit si fort dans leur tête. Comme si leur amie avait été à deux pouces de leurs oreilles. La sensation fut si réelle que les deux camarades se retournèrent d'un coup, cherchant d'où provenait l'espèce de hurlement. Bien sûr, Andréa ne se trouvait pas avec eux. Encore sous le choc, ils entendirent alors clairement : « Les soldats… les soldats nous ont capturés. Il faut venir. » Et ce fut tout. Plus rien.

Leur première réaction fut tout de suite d'essayer de rentrer en contact avec Binko, leur geôlier. Par chance, ce dernier se tourna vers eux. Avait-il lui aussi entendu l'appel d'Andréa ? Sans attendre, Binko leur ouvrit la porte de leur cellule. Vincent se précipita sur le bras de Binko afin de pouvoir communiquer avec lui par la pensée comme il l'avait fait plus tôt, au risque de l'effrayer, entraînant Miguel à sa suite de son autre main. Pas le temps pour les politesses, leurs amies étaient en danger. Binko avait effectivement entendu lui aussi le cri affolé d'Andréa, mais n'avait pu comprendre le sens de ses paroles. Comme si la traduction fonctionnait seulement lorsqu'ils pouvaient se toucher. Vincent et Miguel eurent tôt fait d'informer Binko de la nature du message d'Andréa.

— Et Karok ? Est-il lui aussi prisonnier ?

— On ne sait pas, elle n'a rien dit d'autre, répondit Miguel.

— Il faut essayer de lui parler.

Le Nomak et les deux amis s'apprêtaient à former un cercle et à se concentrer quand Karok surgit.

— Mon fils, tu as réussi à t'échapper ?

— Comment le sais-tu ?

— Andréa nous a contactés, sans le savoir, je crois, dit Vincent. Quand ils se sont faits capturer par les nazis, nous l'avons entendue. Vous étiez tous les trois ensemble, non ?

— Oui, mais j'ai pu regagner le vortex à temps. Papa… j'ai une mauvaise nouvelle… Maerik, mon petit frère… il a été tué par ces soldats.

— Maerik… non…

Karok prit Binko dans ses bras. On ne savait plus qui consolait qui.

— Comment est-il mort ? demanda Binko en refoulant ses larmes.

— Un trou dans la tête, répondit Karok. Je ne crois pas qu'il ait souffert.

— Pourquoi lui ? Si jeune… Pourquoi pas moi ? Jamais je n'aurais dû le laisser partir aussi !

— Ne sois pas si dur…

— Non, je savais qu'il y avait du danger et je l'ai laissé partir quand même ! ragea Binko.

— Je suis là, moi, dit Karok tout bas.

— Et moi qui t'ai aussi laissé partir au devant du danger… quel sorte de père je fais ?

Karok prit son père dans ses bras et lui murmura des mots de réconfort à l'oreille pendant un moment. Cela sembla calmer Binko. Malgré le drame, les deux garçons ne pouvaient s'enlever de la tête ce qui avait pu advenir de leurs camarades.

— Et nos deux amis? s'inquiéta Miguel.

— Je ne sais pas…

— Tu les as abandonnés, c'est ça? Tu t'es sauvé! dit Vincent, maladroitement.

— Il le fallait.

— Pour sauver ta peau, oui.

— Non, j'ai pensé que si je ne revenais pas, mon père aurait pu croire à un piège, surtout s'il avait fini par retrouver le corps de Maerik. Jamais il ne vous aurait libérés. Personne n'aurait su ce qui était arrivé. Je ne pouvais pas savoir qu'Andréa arriverait à vous contacter pour vous avertir.

— Hum… ouais.

— Ça se tient, intervint Miguel.

— Avez-vous essayé de lui reparler?

— C'est ce que nous nous apprêtions à faire quand tu es arrivé.

— Nous allons mettre toutes les chances de notre côté. À nous quatre, nous allons peut-être y parvenir, dit Binko encore sous le choc de l'annonce du décès de son jeune fils. Il nous faut réussir. Il y a eu assez de morts…

Les garçons se concentrèrent, en se tenant toujours par la main. Les deux Nomaks, malgré leur peine, se joignirent à eux. Andréa était celle dont les dons s'étaient éveillés avant les autres. Elle s'avérait pour l'instant la plus douée des quatre. Ils convinrent de focaliser leur attention sur elle. Vincent et Miguel ne savaient pas trop comment s'y prendre. C'est à ce moment que l'incroyable se produisit. Au centre du cercle formé par les jeunes aventuriers et les deux Nomaks, une silhouette vaporeuse, blanchâtre, quasi translucide apparut. Les deux amis reconnurent le visage familier de Jacob, et même si cette manifestation les apeurait tout de même un peu, ils sourirent à sa vue. Il en alla tout autrement pour Karok et Binko. Pour eux, les traits de Jacob leur étaient aussi familiers, mais pour une autre raison.

— Mes amis, je vous salue.

— Gaïdjin… dirent en chœur les deux Nomaks.

— Content de voir que vous ne m'avez pas oublié. Il y a si longtemps.

— Tu es revenu d'entre les ombres pour accomplir la prophétie? dit Karok.

— En quelque sorte.

— Pourquoi ton corps n'est-il pas avec nous? demanda Binko.

— Je me suis malheureusement cette fois incarné dans un corps qui ne me permet pas d'être avec vous.

— Jacob… c'est quoi cette histoire? intervint Miguel.

— Comme je vous l'ai déjà dit, je suis un très ancien habitant de la Terre. Dans une autre vie, je fus le premier Lama qui accueillit les Nomaks dans les montagnes sacrées du Tibet. J'ai aidé la descendance de Koumrak le banni à s'établir dans notre région et ailleurs. Ceux qu'on appelle les Yétis, les gardiens du territoire nomak. Je fus une sorte de diplomate entre ces deux peuples.

— Tu as été beaucoup plus que ça, humble Gaïdjin, dit Karok.

— Nous aurons bien tout le temps pour nous remémorer de bons souvenirs. Pour l'instant, la survie du peuple nomak est en jeu. Il faut maintenant rétablir l'harmonie. Cette querelle entre les Nomaks ne peut plus durer. Vous devez vous unir pour vous sauver tous. Je crois savoir quel est le plan du chef des soldats allemands. J'ai moi aussi eu accès un moment à l'esprit de nos deux amis. Charles a pu voir des choses terribles dans l'esprit de cet homme. S'il met son plan à exécution, c'en sera fait de votre civilisation. Karok, je te confie la tâche de réunir le clan des bannis et de donner l'assaut contre les soldats dans la cité sacrée.

Sans autre forme d'explication, Jacob disparut comme il était venu.

Les Nomaks dissidents ne formaient pas un clan uni. Ils vivaient séparés les uns des autres dans différents recoins des profondeurs. Contrairement aux habitants de la cité sacrée, le groupe des bannis était plutôt nomade. Ils se déplaçaient au gré de la nourriture qu'ils pouvaient trouver. Les rencontres entre Nomaks ne donnaient jamais lieu à des affrontements, tout au plus à des négociations serrées pour la répartition de la nourriture. Toujours en état de survie, ils savaient qu'ils avaient plus à gagner dans le partage des vivres que d'alimenter des conflits. Karok savait que la tâche qui l'attendait n'allait pas être facile. Convaincre des Nomaks isolés, méprisés depuis des générations, d'aller défendre Asgard. Il tablait sur la venue en territoire nomak des quatre jeunes aventuriers. En effet, une vieille prophétie annonçait que de l'extérieur viendrait un jour leur salut. Tous les Nomaks connaissaient cette prédiction du dieu Mammouth. Des milliers d'années sont passées sans que jamais le peuple souterrain ne soit menacé. Le temps était maintenant venu.

Avant de partir à la rencontre des Nomaks isolés, Karok informa son père et les deux amis de la route à suivre pour arriver à Asgard. Il les prévint de ne pas sortir de la grotte avant de s'être assurés qu'il n'y avait plus de soldats qui y rôdaient. Encore là, rien ne leur garantissait que ces mêmes soldats ne montaient pas la garde depuis. Comme le retour à la surface dépendait de leur chance de rejoindre la cité, Vincent et Miguel n'avaient pas le choix. En leur for intérieur, ils durent admettre que la possibilité de participer à la réunification d'un peuple leur plaisait. Par contre, sauver leurs amis leur importait par-dessus tout.

Karok n'avait pas fait le tour des autres avant-postes depuis un bon moment. Il décida de commencer du côté du vieux Sveinek, en espérant que le temps ne l'ait pas encore emporté. Si Karok parvenait à convaincre Sveinek l'ancien, les autres seraient alors peut-être plus enclins à accepter de se joindre aussi à lui. Justement, Karok trouva le vieil homme assis sur une roche avec d'autres Nomaks par terre qui l'écoutaient raconter une de ses fameuses histoires. Sveinek était considéré comme la mémoire vivante du clan des bannis. Karok n'osa pas l'interrompre et se tint un peu à l'écart, voulant laisser le conteur terminer son récit.

— Raconte-nous la création d'Asgard, dit un jeune Nomak.

— Encore cette histoire?

— Oui, on ne s'en lasse pas. Et les plus jeunes ne la connaissent pas comme nous, dit un plus vieux.

— Très bien. La vision vint un soir de grand froid. Mais dans le Grand Nord, c'était tout le temps le soir tant il faisait noir presque toute la journée. Le jour n'était qu'un rayon de soleil qui perçait parfois la nuit polaire. Notre tribu n'était pas nombreuse et c'était difficile de se protéger contre les attaques des autres peuplades nomades plus puissantes. Mais nous avions un dieu, Kanyanyou. La grande prêtresse Kamerlik réunit le conseil dans la tente la plus belle de toutes, celle de notre dieu. Un feu de lichen et de feuilles mortes brûlait à l'intérieur du crâne de Kanyanyou et la fumée emplissait la tente. Mokela, chef de guerre, Mirak, l'ancien, et Myarika, la guérisseuse, écoutaient le récit de Kamerlik. Elle avait fait un rêve. Des roches de feu traversant le ciel, des montagnes enflammées puis recouvertes de glace, partout la désolation et le froid. Le conseil devait consulter Kanyanyou. Ils burent un mélange de champignons et d'urine de mammouth. Je sais, c'est horrible. Mais en ces temps-là, cette mixture leur permettait d'entrer en contact avec Kanyanyou. Notre dieu s'exprima au travers la voix de la grande prêtresse.

— Un grand mal va bientôt s'abattre sur la Terre. Un mal si grand que si vous restez ici, vous périrez tous.

— Quel mal ? demanda Mokela, le chef de guerre. Des tribus venues nous envahir ? Nous saurons nous défendre, je le promets.

— Non, ce mal ne sera pas humain.

— Une maladie alors ? dit Myarika, la guérisseuse. Avec ton aide, grand Kanyanyou, je préparerai les potions qu'il faut.

— Non plus, aucun remède n'existe pour ce mal.

— Mais de quoi s'agit-il ? demanda Mirak, l'ancien. Une famine ?

— Il y aura une famine, mais rien de comparable à ce que vous avez pu connaître.

— Kamerlik nous a parlé de feu dans le ciel, de montagnes enflammées et de glace.

— Oui, le mal viendra du ciel.

— Nous le combattrons! dit fièrement le chef de guerre.

— Aucune arme ni rien ne pourrait en venir à bout. Pour votre salut, vous allez devoir suivre la route des mammouths, vers le ciel qui danse. Le périple sera long, vous affronterez de multiples dangers. Mais je serai là pour vous guider.

Malgré leurs hésitations à quitter une terre qui les avait toujours bien nourris, la foi envers Kanyanyou l'emporta. Notre dieu avait toujours été de bon conseil et le groupe des sages savait qu'il ferait encore tout en son pouvoir pour nous protéger. Le voyage fut en effet très long et dangereux. Bien des lunes se sont vidées et remplies à suivre les pas lents du cortège des mammouths. La tribu dut essuyer plusieurs attaques de nomades en quête de nourriture qui voulaient s'approprier la viande des mammouths. Mais ils surent y résister, non sans perdre quelques braves. Une fois arrivés devant le ciel qui ondulait de vert, palpitait de rouge et crépitait de blanc et de violet, ils surent qu'ils étaient rendus à destination. La tribu connaissait les aurores boréales, mais cette fois, le phénomène était plus grand, plus merveilleux que tout ce à quoi ils avaient déjà pu assister.

— J'ai l'impression que je pourrais marcher sur ce ciel qui danse, dit Mirak, l'ancien.

Et c'est en plein ce qu'il fit, accompagné des mammouths venus trouver leur dernier repos. Leur contemplation fut interrompue par un grand rugissement dans le lointain derrière eux. Le bruit fut si fort qu'ils n'entendirent plus rien pendant un moment, leurs oreilles saignaient. Ils furent aussi aveuglés, mais heureusement, cela ne dura pas. Ils savaient maintenant que s'ils étaient demeurés sur leurs terres, ils seraient tous morts. Bientôt, une averse de roches de feu se rapprocha. Les membres de la tribu suivirent Kamerlik qui les conduisit sous terre. Et finalement, le temps des glaces arriva.

— Le monde tel que nous l'avons connu n'existe plus, déclara Kamerlik. Kanyanyou nous a sauvés, à nous de lui rendre hommage. C'est ici que nous vivrons désormais, en paix, et nous honorerons sa mémoire.

Et c'est ainsi que la cité sacrée fut fondée, à même les restes de notre dieu. Notre peuple est aujourd'hui divisé, mais nous partageons tous la même histoire.

Pendant un moment, le petit groupe autour de Sveinek méditait sur son récit. L'ancien aperçut alors Karok du coin de l'œil et l'invita à se joindre aux autres.

— Ça fait longtemps qu'on ne t'a pas vu, Karok.

— Oui.

— Tu m'as l'air bien soucieux.

— Il faudrait que je te parle, mais finis ton histoire.

— Les vieilles histoires peuvent bien attendre, elles ne font que ça, comme moi.

— Vénérable Sveinek, je suis venu te demander ton aide.

— Pourquoi tant de cérémonies? L'heure serait-elle grave?

— J'en ai peur.

— Alors raconte.

— Tu es au courant au sujet de l'occupation de la cité par des envahisseurs de l'extérieur?

— Bien sûr, tout le monde a eu écho des problèmes à Asgard. Mais en quoi cela nous concerne-t-il?

— Gaïdjin nous est apparu.

— Gaïdjin! Comment est-ce possible?

Karok lui fit le récit de la venue des jeunes aventuriers et de la mission que Gaïdjin lui avait confiée.

— Ces jeunes sont des envoyés de Gaïdjin. Ils le connaissent sous son nouveau nom, Jacob.

— La prophétie serait donc en train de se réaliser?

— Je le crois.

— Mais qui nous dit que les résidants d'Asgard vont accepter notre aide? Ce serait plutôt à eux de venir nous la demander, non?

— Je te comprends, Sveinek. J'ai d'abord pensé la même chose. Mais comme tu viens si bien de le raconter, nous partageons tous la même origine. Et j'ai vu de quoi les envahisseurs sont capables. Ils ont tué mon jeune frère.

— Maerik, mort, tué…?

— Oui, et si nous ne faisons rien, ces soldats vont sûrement un jour s'en prendre à nous.

Sveinek et les autres Nomaks qui avaient écouté l'atroce récit de Karok étaient désemparés. Non seulement l'idée de mort violente leur était inconnue, mais la perspective de devoir peut-être eux-mêmes subir pareil sort pour sauver Asgard ne leur souriait guère. D'un autre côté, les Nomaks réalisèrent que Karok avait raison. S'ils n'intervenaient pas, ces soldats finiraient bien, tôt ou tard, par tenter de les éliminer à leur tour.

— Le seul problème, dit Karok, c'est que je ne sais pas comment nous pourrions affronter des hommes avec des outils de mort et en sortir vainqueurs sans tuer nous aussi. C'est contraire à nos lois et je comprends les gens d'Asgard de ne pas les avoir transgressées.

— Il y a bien un moyen… mais il nécessite la contribution de la grande prêtresse.

— Quel est ce moyen?

— La roue du temps.

18

En territoire ennemi

Miguel, Vincent et Binko franchirent le vortex minéral et se retrouvèrent dans la grotte, à l'orée d'Asgard, comme Karok leur avait dit. Prudents, ils reculèrent dans un coin plus sombre, sans faire de bruit. Devant eux, les flammes des torches se réfléchissaient sur le lac souterrain. Aucun soldat allemand en vue devant l'entrée de la caverne. Inquiet, le trio ne pouvait encore se résoudre à pousser plus loin leur investigation des lieux. C'était déjà une chance qu'aucun nazi ne surveille l'intérieur de la grotte. Par contre, rien ne leur garantissait qu'une patrouille n'effectuait pas des rondes dans le secteur. Il leur fallait agir vite. L'idée étant de se rapprocher le plus possible d'Andréa et Charles de manière à pouvoir entrer en communication avec eux. Tous trois se réunirent en cercle et se concentrèrent sur Andréa. À leur grande surprise, le contact fut immédiat. Bien qu'ils n'entendirent pas de mots, ils purent percevoir les bruits ambiants, comme s'ils y étaient. Andréa devait redouter de se faire repérer, se dirent-ils. Binko et les deux amis purent discerner les sons éloignés d'une conversation dans une langue étrangère, probablement deux gardes allemands. Leurs amis étaient donc bel et bien prisonniers, mais encore en vie. Pour le moment.

Maintenant, comment les libérer? Binko fit valoir qu'ils feraient mieux d'attendre que Karok ait regroupé suffisamment de Nomaks avant d'intervenir. Combien de temps cela allait-il lui prendre? Impossible à dire. Pendant ce temps, leurs amis étaient détenus par des assassins notoires. Miguel et Vincent savaient que leur impétuosité risquait peut-être de nuire au plan de réunification des deux clans nomaks. Mais que faire d'autre? Jacob n'avait jamais parlé de sacrifier des vies! Les garçons comptaient bien rentrer sains et saufs à la maison. Mais pas sans leurs deux amis.

Binko ne sut pas les retenir. Miguel et Vincent s'aventurèrent au bord de l'entrée de la grotte, jetant un bref coup d'œil aux environs. Pas de soldats en vue. Combien pouvaient-ils être? Voilà une information qui aurait été utile. « *Difficile à dire.* » Cette fois, c'est Charles qui leur répondit, sans qu'ils aient eu à se concentrer. De deux choses l'une : soit la proximité de leurs camarades facilitait la communication, soit ils maîtrisaient de mieux en mieux leur pouvoir. Leurs copains étaient-ils prisonniers ensemble ou séparément? « *Il y a au moins deux gardes près de nous, sinon plus, sur la grande place. On aperçoit leur chef assis un peu plus loin, derrière un rocher. Il semble discuter avec au moins une personne. Impossible de dire combien ils sont ou si d'autres soldats patrouillent les environs. Avant d'arriver où nous sommes, nous avons pu voir au sommet des parois rocheuses des sortes de niches où se trouvent cachés les habitants d'Asgard. Un garde arrive...* »

Pourquoi Charles avait-il interrompu la communication par la pensée ? Les soldats auraient-ils acquis certains pouvoirs eux aussi, depuis le nombre d'années passées avec les Nomaks ? Le milieu de vie favoriserait-il le développement de certaines facultés ? Ce n'était peut-être pas impossible. Devant sa prudence, ils se dirent que ce devait être le raisonnement de leur camarade. Pour avoir entendu parler de la cruauté des nazis, cela n'aurait pas étonné Miguel d'apprendre que les soldats aient tenté de pénétrer l'esprit de Charles et Andréa. Vincent eut un frisson en songeant aux sévices que les Allemands auraient pu faire subir à ses compagnons. Sauraient-ils eux aussi être braves devant la torture ? Ils aimaient mieux ne pas y penser. Binko vint les retrouver à l'entrée de la grotte.

— Qu'est-ce que vous comptez faire ?

— Charles nous a parlé, dit Vincent. Il a mentionné que les résidants de la cité se cachaient probablement dans des sortes de cavernes.

— Oui. Les labyrinthes.

— Des labyrinthes ? questionna Miguel.

— Les Nomaks ont toujours eu le culte du secret. Le réseau de galeries souterraines est aussi construit ainsi. De façon à brouiller les pistes. Les cavernes se rejoignent toutes entre elles, souvent par plus d'un chemin. Un étranger pourrait facilement s'y perdre.

— Il faut donc que tu nous accompagnes, dit Vincent.

— Non, pas question.

— Pourquoi ? s'indigna Miguel. Tu ne veux pas nous aider ?

— Je n'y suis jamais allé, je ne vous serais d'aucune aide de toute façon.

— Au contraire, protesta Vincent. Si nous rencontrons des Nomaks, tu pourras leur parler dans votre langue, leur expliquer notre présence.

— Leur expliquer quoi? Ces gens sont terrorisés depuis nombre d'années. Tu penses qu'en nous voyant ils vont être rapidement rassurés?

— Tu as peur, c'est ça, insinua Miguel.

— Peur des gens de la cité, non. Peur qu'ils ne veulent pas de notre aide, oui. Ils ne l'ont jamais demandée, pourquoi en serait-il autrement aujourd'hui?

— N'est-ce pas, entre autres, le but de notre venue ici, selon Jacob, réunir les clans? fit remarquer Miguel.

— C'est peut-être votre mission, mais pas la mienne.

— Laisse faire, Miguel. Tu vois bien que c'est un peureux. On va se débrouiller sans lui.

— Je ne suis pas un trouillard! Seulement, avant de foncer tête baissée dans l'inconnu, je crois que nous devrions attendre Karok et les autres.

— Attendre, attendre… Attendre quoi? Que nos amis se fassent tuer? Vincent a raison. Si tu veux nous aider, tant mieux, sinon, tant pis.

— Bonne chance…

Vincent et Miguel ne comprenaient pas l'attitude de Binko. Ses intentions relevaient-elles de la sagesse ou bien était-ce sa rancœur envers les habitants de la cité qui l'emportait? Quoi qu'il en soit, au risque de le regretter, leur décision était prise. Ils iraient tous les deux dans le labyrinthe des Nomaks. Mais voilà, par où entrer? Même Binko ne le savait pas. Comment eux pourraient-ils y parvenir ? « *Suivez-moi.* » Interloqués, les deux amis se regardèrent. Qui avait parlé ? Ce n'était ni la voix de Charles ni celle d'Andréa, non plus celle de Jacob. Alors qui ? « *Suivez-moi.* » Encore cette voix ? Mais qui ? Un piège ? Avaient-ils été repérés par des nazis télépathes qui tentaient de les entraîner dans un traquenard ? Ils avaient beau essayer de poser des questions mentalement, personne ne répondait. Seule cette impulsion de suivre un chemin inconnu les tenaillait. De toute façon, au point où ils en étaient, que pouvaient-ils faire d'autre ? Soit c'était un guet-apens, soit quelqu'un voulait les aider. Peut-être bien les Nomaks eux-mêmes ?

Les nerfs à vif, le duo sortit de la grotte avec précaution. Ils découvrirent le long corridor des colosses en prière. Craintifs, les garçons décidèrent de marcher au milieu du passage, hors de la portée des statues, de peur que l'une d'elles ne s'anime et les ravisse. Une fois au bout du couloir, contents d'y être parvenus sains et saufs, ils franchirent la grande porte aux étranges inscriptions. Devant eux s'étalaient les colonnes de pierre. Penchés, presque à genoux, les deux garçons avancèrent rapidement vers la première colonne en vue. Heureusement, les feux au sommet renvoyaient un semblant de lumière aux alentours, sinon ils n'y verraient pas grand-chose. En même temps, la lumière des flammes risquait de les faire repérer. Si seulement Andréa était avec eux, son don de vision nocturne leur aurait été bien utile. Les deux jeunes intrépides progressaient lentement, de colonne en colonne, tâchant de demeurer le moins longtemps possible à découvert. Lorsqu'ils virent la muraille d'ossements se profiler au loin, Vincent et Miguel sentaient qu'ils touchaient au but.

— Ce doit être la porte d'entrée de la cité, dit Miguel.

— Mais à la voir, ça ne donne pas le goût de la traverser. Comment ils ont pu construire ça ?

— Je ne sais pas… C'est beau et…

— …effrayant !

— Ouais, c'est le but, je suppose. Allez, on y va.

Surmontant leurs appréhensions, les garçons traversèrent le portail. Ils furent aussitôt subjugués à la vue des immenses sculptures de mammouths bordant la cité. Signe qu'ils approchaient. Vers où les menait la voix ?

— Regarde ! Tu as vu ? dit Miguel.

— Où ça, quoi ?

— Là ! Regarde. Dans les trous, des lumières, elles bougent, d'un trou à l'autre.

— Mais oui, tu as raison. On dirait des lucioles.

— Non, je pense plutôt que ce sont les Nomaks qui nous font des signes.

— Tu crois ?

— Il le faut.

— Mais… si c'était les yeux rouges d'étranges bêtes féroces ?

— Vincent… s'il vous plaît…

En suivant des yeux les points lumineux, comme un immense jeu de Lite Brite dans la nuit, les lumières traçaient un chemin.

— Au bout, là-bas, tu vois ? dit Miguel.

— Oui, il n'y en a plus qu'une seule.

— L'entrée doit être par là.

— Comment on va faire pour se rendre là ? Il n'y a plus aucune colonne pour nous cacher jusque-là.

— On va grimper.

— T'es fou! Je ne m'appelle pas Spiderman, moi!

L'idée de Miguel pouvait paraître saugrenue. D'un autre côté, la route menant à l'entrée du labyrinthe était totalement à découvert et trop bien éclairée, même faiblement, par les torches disposées ici et là. Par contre, l'éclairage des flammes ne brillait pas jusque dans les hauteurs, sur les parois rocheuses.

— J'aime mieux courir le risque de me faire prendre sur le plancher des vaches que celui de tomber d'une paroi pour me casser le cou, dit Vincent.

— Y a pas de vaches, ici.

— Très drôle.

— Tu t'accrocheras à moi.

— Excellente idée! Comme ça, on tombera ensemble, on fera d'une pierre… deux cous cassés, railla Vincent.

— Fais ce que tu veux, moi je grimpe.

— Attends!

Avec une agilité déconcertante, malgré la combinaison de spéléologue trop grande qui entravait quelque peu ses mouvements, Miguel entreprit l'ascension.

— Tu viens?

— Comment tu fais?

— Je sais pas… On dirait que mes mains et mes pieds collent à la pierre.

Pour prouver ses dires, Miguel ne se tenait plus que d'une seule main! Vincent n'en revenait pas.

— C'est incroyable… c'est presque… surhumain.

Vincent essaya à son tour, mais il ne pouvait répéter l'exploit de son copain.

— Pourquoi, moi, je suis pas capable comme toi ? Je peux pas grimper, je vais tomber.

— Accroche-toi à moi.

— T'es fou !

— Viens, je te dis.

En disant cela, Miguel se retourna tête en bas, sans jamais quitter la paroi, et tendit les bras pour attraper Vincent.

— C'est complètement délirant…

— Jacob avait parlé de pouvoirs qu'on développerait, au mérite. Tu vois, c'est le seul moyen pour arriver à sauver nos amis et les Nomaks.

— Arrête. C'est trop fou.

— Je pense pas. Regarde pour Andréa. Elle a acquis son don de vision nocturne en voulant sauver Charles.

— Mais moi… je veux juste sauver ma peau… rentrer à la maison.

Pour la première fois, depuis le début de leur voyage souterrain, Vincent envisageait la possibilité qu'ils ne reverraient peut-être jamais leurs camarades, leurs parents. Toute cette histoire le dépassait. Des sentiments de peur et de tristesse l'envahissaient. Miguel comprenait bien l'état d'esprit de son copain de toujours. Il lui aurait été facile, lui aussi, de sombrer dans l'affolement quant à leurs chances de revoir le monde extérieur. Mais ce n'était pas le moment de se laisser abattre. Miguel tendit la main à son meilleur ami, comme une perche pour le secourir du sable mouvant de l'angoisse dans lequel il risquait de s'enfoncer.

— Viens. Fais-moi confiance. On va s'en sortir.

Vincent se secoua de sa torpeur. Sous les encouragements de son ami, il réussit à grimper à la paroi. Le courage lui revenait. Ils progressèrent comme ça pendant plusieurs minutes, lentement mais sûrement, vérifiant la prise qu'ils avaient sur chacune des aspérités rocheuses. Après un moment, Vincent fit une pause et regarda son compagnon.

— Miguel…

— Quoi?

— Merci.

— De quoi?

— Fais pas l'imbécile…

— Mais de rien. Les amis, c'est fait pour ça, dit Miguel.

Le cœur plus léger, ils poursuivirent leur ascension, avec mille précautions. Miguel, en tête, fit bien attention en franchissant un versant, et atteignit une crête. Il ne s'attendait pas du tout au spectacle qu'il voyait maintenant sous lui, comme sur le toit d'un building, près de quarante mètres plus bas.

— Vincent, un conseil, ne regarde pas en bas, murmura Miguel.

— Oui, oui, je sais, mais j'ai pas le vertige, ça va.

— Non, c'est pas ça.

— C'est quoi alors?

Vincent rejoignit Miguel et n'écouta pas son conseil. Il jeta un œil en bas.

— Ah non…

Miguel plaqua sa main sur la bouche de Vincent. Il espérait que les soldats juste en dessous d'eux ne les avaient pas entendus.

19

La menace

Toujours attachés au centre de la place, devant le trône mi-homme mi-animal du dieu Mammouth, Charles et Andréa avaient conscience de la présence de leurs deux amis, au-dessus d'eux, dans les hauteurs rocheuses. Les deux gardes non loin bavardaient tout en jetant à l'occasion un coup d'œil sur leurs prisonniers. Leur mitraillette en bandoulière, la main posée sur la crosse de leur arme, leurs rires fusaient comme des salves. Malgré leur apparente insouciance dans leur uniforme sale et déchiré à plusieurs endroits, ces deux hommes avaient l'air menaçant. Au moins, ils ne semblaient pas s'être aperçus de la périlleuse position de Miguel et Vincent. Comment les deux lascars allaient-ils faire pour franchir la paroi au-dessus de la grande place sans se faire repérer? La moindre chute de petite pierre attirerait sûrement l'attention des soldats. De toute évidence, il fallait que Charles et Andréa créent une diversion, le temps que leurs copains dépassent le danger. Sans trop réfléchir, Andréa se mit à crier.

— AAARRRGGGGH !

Les soldats sourcillèrent, mais préférèrent en rire. Charles se mit lui aussi de la partie.

— OUOUOUOUAAAARRRG !

Les deux amis criaient tellement que les deux gardes ne trouvaient plus ça drôle. Ils s'amenèrent d'un pas décidé, déterminés à clouer le bec à leurs jeunes prisonniers. Miguel et Vincent, comprenant le manège, saisirent cette occasion pour avancer le plus rapidement possible, à l'insu des nazis. La tâche était ardue. Ils devaient prendre des risques, ne s'assurant pas toujours d'avoir une bonne prise à la paroi. Le moindre faux pas les exposait à une chute d'au moins quarante mètres. Les deux soldats se mirent à invectiver Charles et Andréa, les menaçant avec leur mitraillette. Sachant que leurs copains dans les hauteurs n'avaient pas encore franchi la grande place, les deux captifs devaient continuer à détourner l'attention de leurs geôliers en colère, au péril de recevoir une balle entre les deux yeux. Devant cette menace, le duo changea de stratégie. Ils se mirent à rire. La nervosité ne les aidait certes pas. Leurs rires traversaient difficilement leur gorge nouée par la peur. Mais bientôt, l'exercice se révéla libérateur. Attachés sur la grande place, des armes pointées sur eux, perdus au fin fond de la Terre, Charles et Andréa se mirent à rire de plus en plus de bon cœur. Franchement étonnés au début, puis intrigués, les deux Allemands se laissèrent gagner malgré eux par le rire communicatif de leurs détenus. Quelqu'un ne sachant pas ce qui se passe aurait très bien pu croire à une partie de franche rigolade entre amis. Là-haut, les jeunes grimpeurs n'avaient pas trop le temps de s'attarder au bizarre de la situation en bas. Ils remerciaient la présence d'esprit de leurs camarades qui, en dépit des menaces de mort proférées par les soldats, avaient trouvé le moyen de sauver leur peau à tous. Miguel et Vincent disparurent de la vue de leurs copains après avoir atteint un plateau. Cessant graduellement de rire, l'un des soldats, l'index en l'air, réprimanda ses prisonniers tel un maître d'école, sourire en coin. Puis, les deux nazis regagnèrent leur poste, presque heureux de ce moment de distraction.

— On l'a échappé belle, soupira Andréa.

— Tu l'as dit!

— Veux-tu bien me dire ce que les deux rigolos ont comme plan dans la tête? Où est-ce qu'ils vont comme ça?

— Sais pas... Je me demande où sont Karok et Binko...

Non loin, sur le trône, la grande prêtresse nomak et son père, qui avaient assisté à toute la scène sans broncher, leur firent un geste de la tête. Préoccupés par leurs amis, Charles et Andréa avaient momentanément oublié la présence de leurs compagnons de misère. Les événements s'étant bousculés, les jeunes aventuriers n'avaient pas eu la chance d'essayer d'entrer en contact par la pensée avec les deux Nomaks. Ce furent eux qui les précédèrent.

— Êtes-vous des amis d'Olaf? demanda Kaïra, la fille de Naori.

— Oui, répondit simplement Charles.

— Comment vous faites pour nous parler dans notre langue, sans avoir besoin de nous toucher? dit Andréa.

— À votre question, je comprends que vous avez rencontré les Nomaks des galeries, fit Naori.

— Effectivement.

— Leur isolement les a malheureusement rendus moins sensibles aux choses de l'esprit, informa Naori.

— Et Olaf? intervint Kaïra, il va bien?

— Dans un sens, oui, répondit Charles, mal à l'aise de lui dire la vérité pour le moment.

— Je savais qu'il réussirait à ramener de l'aide. Est-il ici, quelque part?

— Euh… non, dit timidement Andréa.

— Et pourquoi? questionna Kaïra.

— Je te l'avais bien dit que ce n'était pas sage de faire confiance à ce jeune homme pas de notre monde.

— Papa…

— Olaf va bien, mais il n'a pu nous accompagner, se résolut à dire Charles. Mais… comment je peux dire… Une fois arrivé dans le monde extérieur, le temps l'a rattrapé.

— Qu'est-ce que tu veux dire? demanda Kaïra, inquiète.

— Vous vivez des centaines d'années ici, sous la terre, mais pas nous.

— Olaf va mourir? C'est ça?

— Il n'en a certainement pas pour longtemps. Je suis désolé d'être celui qui vous apprend ça, dit Charles.

— Il a accompli sa mission avec courage, ajouta Andréa. On n'aurait pas pu se rendre jusqu'ici sans lui.

— Olaf…

Étranglée par l'émotion, Kaïra ne finit pas sa phrase. Son père, malgré ses sentiments envers Olaf, compatissait à la douleur de sa fille. Kaïra releva le menton, ravalant sa peine.

— L'important c'est que vous soyez ici, dit-elle, pour accomplir la prophétie.

— La prophétie? s'étonnèrent en chœur Charles et Andréa.

— Oui, nous vous attendions, dit Naori. Seul un habitant de la surface peut actionner la roue du temps dont les Nomaks sont les gardiens, le secret de nos amis des montagnes.

— Quelles montagnes? dit Charles, curieux, en songeant au mont Royal.

— Du Tibet, mais aussi des Andes, en Amérique du Sud; des Rocheuses et des Appalaches, en Amérique du Nord. Les Nomaks sont liés avec ces peuples ancestraux. Le nom de Gaïdjin vous dit quelque chose?

— Gaïdjin? Non, dit Andréa.

— Vous le connaissez probablement sous un autre nom. C'est lui qui vous a envoyé ici, dit le grand chef.

— Vous voulez dire Jacob? questionna Charles en pensant à son mystérieux ami.

À voir la lumière dans les yeux de la grande prêtresse et de son père, ils connaissaient Jacob, alias Gaïdjin pour eux.

— Pourquoi Gaïdjin n'est pas ici avec vous? demanda Kaïra.

— C'est difficile à croire, mais il dit s'être incarné dans le corps malade d'un jeune garçon. Il ne pouvait remplir sa mission. Jacob, je veux dire, Gaïdjin, nous a alors choisis.

— Il n'y a rien de difficile à croire. Gaïdjin était de ce monde bien avant nous, dit la grande prêtresse.

Décidément, leur ami Jacob était un personnage bien énigmatique qui ne cesserait de les surprendre.

— Et qu'est-ce que c'est que cette histoire de roue du temps? demanda Charles.

Avant que Kaïra puisse répondre, le commandant nazi fit son entrée avec les deux gardes. Son regard d'aigle se posa aussitôt sur Charles. Avec un fort accent, il s'adressa à lui en français.

— Vous êtes venus ici je ne sais comment. Maintenant, vous allez nous dire comment en sortir.

Charles ne savait pas quoi répondre. Les yeux de cet homme étaient remplis de haine. Nul besoin d'être très malin pour deviner les plans du chef des soldats. Sur le coup, Charles croyait tout de même avoir encore affaire à son imagination. Il ne se doutait pas qu'il possédait depuis peu le don de lire dans les pensées. Une fois obtenu le moyen de rejoindre la surface, le nazi prévoyait tuer d'une balle dans la tête les prisonniers et quiconque s'interposerait à leur départ.

— Vous allez parler? cria le commandant en giflant Charles.

Par défi, ne sachant où il en trouvait le courage, Charles ne broncha pas. Sa joue lui faisait terriblement mal. Non content des résultats préliminaires de son interrogatoire, l'officier ordonna aux gardes de poursuivre la « discussion », et sans ménagement. Trop heureux d'obéir, les soldats y allèrent chacun de coups de crosse de mitraillette dans le ventre de Charles. La respiration coupée, ses chaînes l'empêchant de se plier en deux, Charles peinait à retrouver son souffle. Les gardes s'apprêtaient à frapper encore quand Andréa intervint.

— Arrêtez!

— Et pourquoi donc?… Auriez-vous des choses à nous révéler? persifla le haut gradé.

— Mon ami est tombé au fond d'un puits, et j'ai essayé de le secourir, mentit Andréa avec aplomb. On a été incapables de remonter. En cherchant une issue, on s'est retrouvés ici, aussi déboussolés et dépourvus que vous, on dirait. Vous pouvez perdre votre temps à nous frapper, à nous torturer, mais ce n'est pas comme ça qu'on réussira tous à s'en sortir.

— Tous…?

— Nous aussi, on veut retourner chez nous, mais on ne sait pas comment. Vous pensez que ça nous amuse d'être perdus ici? Nous ferions mieux d'unir nos forces.

Après un silence, telle une crevasse apparaissant sur une terre desséchée, un mince sourire se dessina sur le visage de l'officier nazi.

— Vous mentez très bien, jeune fille. Nous savons tous pourquoi vous êtes ici.

— Ah oui? dit Charles qui avait retrouvé un peu de ses forces.

— La prophétie… n'est-ce pas?

— La quoi? tenta de plaisanter Andréa.

D'un seul coup d'œil du commandant, un garde vint asséner un coup de crosse dans l'abdomen d'Andréa.

— Vous ne riez plus? nargua le nazi. Vous n'appréciez pas notre humour, fit-il, narquois. Hé! bien, comme vous voyez, nous non plus n'apprécions pas le vôtre.

— Bon, très bien, intervint Charles. Supposons que nous soyons ici pour accomplir je ne sais quelle prophétie et que vous nous tuiez avant. En quoi cela vous aidera-t-il à sortir d'ici?

— Je vais vous confier un secret, jeune homme. Le temps n'est pas le même dans le territoire des Nomaks.

Nous avons pu nous en rendre compte. En réalité, selon mes calculs, cela devrait faire des années que nous sommes ici, mais je ne sais par quelle magie, les heures et les jours ne se déroulent pas au même rythme ici. C'est comme si nous y étions que depuis quelques semaines. Très bizarre… Quoi qu'il en soit, heureusement, nous avons pu sauver de notre navire quantité de munitions pour tenir les Nomaks en respect pendant ce temps. Depuis que nous maintenons prisonniers et menaçons d'éliminer leurs dignitaires, leurs attaques sournoises ont cessé. Auparavant, nous avons eu beau en tuer et en torturer plusieurs, rien n'y fit. Personne n'a voulu nous dire comment sortir d'ici. Cette hideuse tribu de mutants primitifs nous résiste depuis notre arrivée simplement parce qu'elle espère votre venue salvatrice. J'en conclus que si nous vous supprimons, il y a des chances pour que leur espoir ainsi abandonné, ils finissent par nous dire ce qu'on veut savoir. C'est un pari, bien sûr. Mais au point où nous en sommes, le risque en vaut la chandelle, vous ne pensez pas? À moins que… à moins que vous nous disiez comment rejoindre la surface? Sinon, franchement, vous ne m'êtes d'aucune utilité. J'espère qu'on se comprend?

— En supposant, par le plus grand des hasards, que nous sachions comment sortir d'ici, qu'est-ce qui nous dit que vous n'allez pas nous tuer de toute façon? dit Charles.

— Vous voyez clair dans mon jeu. Très bien. J'abats mes cartes. Vous avez deux options sur la table. Soit nous vous torturons… et sachez que nous sommes passés maîtres dans cet art raffiné; soit nous vous évitons de longues et atroces souffrances. À vous de choisir.

D'un côté comme de l'autre, c'est la mort qui les attendait. Il n'y avait rien d'autre à espérer d'un tel sadique. Par contre, Andréa et Charles possédaient une carte cachée dans leur manche. Les nazis n'avaient aucune idée de la présence de leurs deux camarades. Ils osaient espérer que Karok et Binko préparaient aussi quelque chose de leur côté. Et cela, c'était sans compter sur les Nomaks cachés qui attendaient peut-être le bon moment pour agir. De toute évidence, leur salut reposait pour l'instant sur la capacité à repousser dans le temps l'exécution de la menace du commandant.

— Nous donnez-vous un certain temps pour y réfléchir ? demanda Charles.

— Réfléchir ? Je ne vois pas à quoi, mais bon. Comme j'ai faim… je veux bien vous accorder comme vous dites un certain temps, pour ne pas dire un temps… certain. Le temps de mon repas, donc. Vous me pardonnerez de ne rien vous offrir à manger. Cela prend justement un certain temps avant de s'habituer au menu composé essentiellement d'insectes de la gastronomie locale. J'ai bien peur que ce temps vous manquera, se moqua l'officier en sortant.

Journal de bord

Après toutes ces années à côtoyer les Nomaks, les dieux, comme les appelle encore mon père, je m'apprête à quitter la cité sacrée. Quand les nazis sont arrivés à Asgard, je n'ai pas compris la peur de mon père. J'étais trop jeune lors de la Première Guerre mondiale, j'avais à peine quatre ans en 1918. J'ai tout de suite voulu aller leur parler, leur demander comment ils avaient fait pour venir jusqu'ici. S'étaient-ils échoués comme nous ou une embarcation en bon état les attendait au-dehors? Puis, les soldats se sont mis à tirer des coups de semonce dans les airs, l'écho de leurs tirs se répercutant aux quatre coins comme autant de coups de tonnerre. Comme dans une fourmilière lors d'un violent orage, les Nomaks couraient dans tous les sens. Ils s'activaient à regrouper les vieillards et les enfants. Je ne comprenais pas pourquoi les Nomaks n'attaquaient pas ces envahisseurs. Tuer leur était interdit. Certains ont bien essayé de voler les armes des soldats, mais au péril de leur vie. J'assistais impuissant à la torture de ceux que je considérais comme les miens. Puis un jour, pour faire cesser cette folie, ma belle Kaïra et son père se sont avancés seuls devant les envahisseurs. Ne prenant même pas le temps de discuter, les soldats les ont aussitôt fait prisonniers. J'avais bien beau savoir que les Nomaks étaient un peuple pacifique, je ne comprenais pas pourquoi ils ne réagissaient pas à la capture de leur chef, et encore moins de leur grande prêtresse. Ma rage intérieure ne cessait de croître devant mon impuissance. Je ne pouvais me résoudre à assister un jour de plus à la torture de celle que j'aime. C'est à ce moment que je conçus le plan de rejoindre la surface pour y trouver de l'aide. Il me fallait tenter quelque chose, n'importe quoi ! Aujourd'hui, je dis au revoir à mon père, et non adieu. Et à Kaïra, mon amour, je dis à bientôt, à très bientôt. Puissent les dieux me venir en aide.

Olaf Olsen

20

Le plan

Vincent et Miguel avaient entendu les menaces du commandant nazi. Il leur fallait maintenant espérer que la voix qui les avait guidés dans les hauteurs était amie. À quelques pas devant eux se trouvait une entrée dans la paroi. Elle était obstruée par une énorme pierre. Derrière, ils entendirent encore la voix. Cette fois, elle ne provenait pas de leur esprit. Elle était bien réelle, en chair et en os, si on peut dire. La voix les enjoignait de déplacer la pierre. Les garçons se demandaient qui pouvait bien se moquer d'eux ainsi. Le bloc devait sûrement peser plus d'une tonne! La présence derrière se faisait insistante.

— C'est impossible! Jamais on va pouvoir la déplacer, plaida Miguel.

— On devrait peut-être au moins essayer, non?

— À toi l'honneur… se moqua Miguel.

À ces mots, Vincent se mit à pousser de toutes ses forces contre la pierre. Elle ne bougea même pas d'un millimètre.

— Tu me feras signe si jamais tu as besoin d'aide, sourit Miguel.

Loin de se décourager, Vincent se concentra. Il prit une profonde inspiration. Tout son corps s'emplissait d'une énergie qu'il n'avait jamais ressentie auparavant. Cette sensation n'avait rien à voir avec de la violence ou de la rage. La force qui émanait de lui était calme, mais puissante. Vincent avait l'impression d'avoir les pieds branchés dans une prise de courant, d'être connecté à tout ce qui l'entourait. Il ne faisait plus qu'un avec la terre, la roche, l'eau. En apparence, rien dans son corps n'avait changé, mais il aurait pu jurer avoir maintenant des mains et des bras plus gros qu'un ours gigantesque. Craignant que cette magie ne s'estompe aussi rapidement qu'elle était venue, Vincent se remit à pousser contre l'énorme bloc de pierre.

— Vincent! La roche… Tu as fait bouger la roche!

— Viens donc m'aider au lieu de me regarder la bouche ouverte comme un poisson.

À eux deux, ils réussirent à pousser suffisamment la roche pour en dégager partiellement l'entrée, assez pour y laisser passer une personne.

— C'est incroyable! Comment tu as fait ça? s'étonnait encore Miguel.

— Tu m'as aidé, sans toi j'y serais pas arrivé.

— Arrête-moi ça! Tu as bougé la roche tout seul. J'en reviens pas!

Les garçons n'eurent pas le temps de s'extasier plus longuement de l'exploit. Une main sortie de l'ombre à l'entrée de la grotte leur faisait signe de la rejoindre. Sur le coup, les deux amis reculèrent. Mais aussitôt, la main s'avança. Un homme apparut. Sale, les cheveux courts noirs, barbu, portant un épais chandail de laine gris et un pantalon de toile bleu déchiré en plusieurs endroits, son allure n'avait rien pour les rassurer. Ses yeux, par contre, semblaient remplis de bonté et de sagesse.

— Venez, dit l'homme, avec un étrange accent.

— Vous parlez notre langue ? dit Vincent, surpris.

— Venez, avant que les soldats nous voient.

— Qui êtes-vous ? demanda Miguel, méfiant.

— Plus tard. Allez, venez vite.

Joignant le geste à la parole, l'homme saisit la main de Miguel et le tira à l'intérieur. Vincent les suivit, sans trop savoir dans quoi ils s'embarquaient. Leur guide sortit une pierre incandescente de sa poche, pareille à celle de Karok. Ce devait être à l'aide de cette pierre lumineuse que l'homme leur avait fait des signes plus tôt. Les jeunes intrépides emboîtèrent le pas à l'étranger qui les conduisait à travers les méandres d'un labyrinthe souterrain. Parfois, ils débouchaient dans une caverne dont l'ouverture donnait sur la grande place. Leur guide cachait alors sa pierre incandescente, les faisant progresser dans le noir un moment. Les garçons se fiaient aux bruits de pas de l'homme pour avancer pendant ces intermèdes dans l'obscurité. Bientôt las de cette marche rapide sans but apparent, Vincent s'arrêta.

— Vous allez nous dire où vous nous emmenez, sinon, moi, je ne fais pas un pas de plus.

— Moi aussi.

— Je comprends votre désarroi, mais nous n'avons pas une minute à perdre. Quelqu'un vous attend et je ne sais pas s'il pourra demeurer avec nous encore bien longtemps. Venez, je vous parlerai en route.

Plus ou moins satisfaits de cette réponse, les deux amis se dirent que les explications de cet homme se devaient d'être bonnes, sinon ils allaient rebrousser chemin et se débrouiller autrement pour sauver leurs camarades. Comment? Ça, ils n'en savaient rien. C'est peut-être pour cette raison qu'ils décidèrent malgré tout de continuer à marcher. En chemin, l'homme leur fit le récit de son voyage en mer avec son fils, ses multiples péripéties jusqu'à leur naufrage les ayant conduits aux confins de la Terre, au-delà du Vent du Nord, aux portes d'un sanctuaire de mammouths. Vincent et Miguel avaient déjà entendu cette histoire.

— Vous êtes le père d'Olaf? dit Miguel.

— Oui… Je suis Oleg. Et vous êtes les envoyés de Gaïdjin.

— Comment savez-vous ça?

— Venez, vous allez tout comprendre.

Après encore quelques minutes de marche dans le labyrinthe, ils débouchèrent dans une grande salle au plafond bas, éclairée par plusieurs pierres incandescentes aux quatre coins. Là, des dizaines et des dizaines de Nomaks les regardaient de leurs gros yeux globuleux. Ils étaient nombreux, entassés comme des chauves-souris. Une plus grande surprise les attendait. Au milieu du groupe se trouvait leur ami.

— Jacob!

Vincent et Miguel se précipitèrent à sa rencontre, mais une fois arrivés tout près, ce qu'ils avaient cru être leur ami n'était en fait qu'une sorte de spectre, une projection diaphane.

— Bonjour mes amis.

— Jacob?

— Je lis vos craintes sur vos visages. Rassurez-vous, c'est bien moi. Enfin, plutôt mon esprit, si vous voulez.

— Comment tu fais pour apparaître comme ça, n'importe où, n'importe quand ? dit Miguel, médusé.

— Il y aurait bien des choses à dire à mon sujet, je suppose. Nous ne disposons malheureusement pas d'assez de temps. Le commandant nazi s'apprête à supprimer vos camarades après son repas. La seule chance que nous ayons, si on peut parler ainsi, c'est qu'il préfère les torturer lentement plutôt que de les tuer d'une balle rapidement.

— Toute une chance… dit Vincent, atterré.

— Je sais, ça paraît insensé de souhaiter une telle situation. Cependant, pour la réussite de notre mission, Charles et Andréa doivent impérativement être encore en vie au moment de notre ultime intervention.

— Quelle intervention ? demanda Miguel, au bord de l'exaspération.

— Je comprends vos sentiments…

— Non, tu ne comprends pas ! explosa Miguel. Toi, t'es bien à l'abri on ne sait pas où. Tu projettes ton esprit ici je sais pas comment, sans danger, pendant que nos amis sont les jouets d'un assassin. T'as vraiment intérêt à nous arriver avec une solution rapide et efficace, sinon…

Le sursaut de colère de Miguel n'étonna pas son copain Vincent. Lui aussi en avait assez.

— Mes amis… La colère est mauvaise conseillère, vous devriez le savoir. Si vous deviez avoir une meilleure idée, j'en serais très heureux. Mais laissez-moi au moins vous exposer mon plan. Ensuite, ce sera à vous d'accepter ou non.

— Je suppose qu'on n'a pas le choix…

— Comme vous le savez, Karok est parti convaincre les Nomaks isolés de se joindre à lui pour venir sauver les habitants de la cité. Heureusement, il est d'abord tombé sur Sveinek, l'ancêtre des galeries. Ce vieux brave est le détenteur de la moitié du secret de la roue du temps, l'autre détenteur étant Kaïra, la grande prêtresse. Cela, vous le comprendrez, dans le but de préserver la « recette » du procédé autant que son utilisation inopportune. Maintenant, les Nomaks ne sont pas un peuple guerrier. Ce sont des sages, des mystiques. Ils ne sont pas des lâches pour autant.

— Ah non ? Pourquoi ils sont tous cachés ici alors ? dit Vincent.

— Parce qu'ils savaient que vous viendriez. Et il faut que vous sachiez que seul quelqu'un de l'extérieur peut actionner la roue du temps.

— Qui ça ? Nous ? demandèrent en chœur les garçons.

— Et c'est quoi cette histoire de roue du temps ? ajouta Vincent.

— La roue du temps est une porte sur tous les mondes possibles. Pour l'instant, je ne vous demande pas de comprendre. Allez d'abord rejoindre Karok et indiquez-lui comment se rendre ici, dans le labyrinthe. Oleg va vous montrer l'endroit du vortex qui y donne accès.

— Et ensuite ? dit Miguel.

— Ensuite, avec Sveinek, il vous faudra vous rendre auprès de Kaïra et procéder à l'incantation pour mettre en marche la roue du temps. Mais pour que cela fonctionne, il faut que vous quatre amis soyez réunis. Je comprends que mes explications vous paraissent peut-être confuses et trop succinctes, mais nous manquons de temps. Si vous voulez sauver vos camarades, faites-moi confiance, et partez tout de suite. Oleg va vous accompagner.

Sans attendre, déjà Oleg invita les garçons d'un signe de la main à le suivre. Ils se frayèrent un chemin à travers la marée de Nomaks et se retrouvèrent bientôt dans un des obscurs corridors du labyrinthe. La marche fut cependant brève. Oleg actionna le vortex minéral et ils le traversèrent l'un après l'autre. Où était Karok maintenant ? C'était comme chercher une pièce de monnaie dans un puits sans fond. Karok pouvait être n'importe où. Oleg avait beau leur montrer une carte plus ou moins précise du réseau de galeries, il leur aurait été bien difficile de déterminer l'endroit exact de l'avant-poste où Karok et Binko les avaient faits prisonniers plus tôt. La logique voulait que leur recherche démarre à partir de là.

— Il faudrait qu'on aille dans la caverne d'où nous sommes arrivés. On pourrait retourner sur nos pas, suggéra Vincent.

— Impossible, répondit Oleg. Sur la carte, je ne vois pas de vortex communiquant avec cette caverne. Et tant que les soldats patrouillent le coin, ce n'est certainement pas une bonne idée de franchir le secteur à découvert. Continuons nos recherches. Nous allons bien finir par tomber sur des Nomaks qui pourront nous dire où trouver Sveinek.

C'était, bien évidemment, la solution la plus sûre. Mais la moins efficace aussi.

— J'ai une idée, dit Miguel. Si j'ai été capable d'escalader le mur sans difficulté, je dois encore être capable de réussir. Je vais réemprunter le même chemin inverse pour retourner à la caverne et essayer de retrouver Karok à partir de là. Pendant ce temps, continuez de votre côté. Si nous nous séparons, nous risquons de doubler nos chances de réussite.

— C'est trop dangereux, dit Vincent. Il va encore falloir que tu passes au-dessus de la grande place et de l'endroit où Charles et Andréa sont gardés. Rien ne nous dit qu'ils pourront encore distraire les soldats.

— D'accord, je vais prendre un autre chemin, cette fois. Je vais passer par la paroi en face, celle des cavernes du labyrinthe.

— Tu vas quand même être exposé à la vue des soldats !

— Je ne veux pas jouer les prophètes de malheur, osa Oleg, mais si les Allemands vous attrapent, rien ne nous dit non plus qu'ils ne vous tueront pas. Gaïdjin a bien dit qu'il fallait que vous soyez tous les quatre vivants.

— Peut-être… Mais si nous ne retrouvons pas Karok et Sveinek très bientôt, c'est Charles et Andréa qui risquent de mourir.

Oleg admirait le courage et la témérité de Miguel. Il ne savait pas quoi répliquer à son argument. Tandis que Vincent savait très bien que si son ami avait une idée en tête, il serait inutile d'essayer de le faire changer d'avis. Son seul regret était de ne pas pouvoir l'accompagner. Vincent ne possédait pas le talent de grimpeur de son copain, il ne ferait que le ralentir.

De retour dans le labyrinthe, Miguel sortit par l'une des ouvertures des cavernes. Il grimpa effectivement sans difficulté. Oleg et Vincent allaient partir quand ils entendirent un coup de feu suivi d'un cri. Un soldat avait tiré sur Miguel ! Quand ils jetèrent un coup d'œil derrière, ils virent deux soldats traîner Miguel par les bras. Vincent aurait voulu aller aider son ami, savoir s'il était encore vivant au moins, mais Oleg le ramena à la raison.

— Ça ne servirait à rien, tu serais aussi fait prisonnier. Je suis sûr que ton ami va bien, je n'ai pas vu de sang. Il se sera assommé en tombant, probablement.

— J'espère que tu dis vrai…

— C'est à nous deux maintenant qu'incombe la tâche de retrouver Karok et Sveinek. Et il n'y a vraiment plus une minute à perdre.

21

La réunification

À l'aide de la carte, Oleg et Vincent arrivèrent devant un vortex minéral. Agitant sa pierre incandescente, Oleg activa le passage.

— Va falloir que quelqu'un m'explique un jour comment ça fonctionne ce truc, dit Vincent.

— La pierre?

— Oui. Comment une roche peut tout à coup s'illuminer?

— Avec l'énergie. Les Nomaks appellent ça le contrôle de l'esprit sur la matière.

— Tu es capable de faire ça?

— Un peu. Mais je ne maîtriserai pas la technique avant des centaines d'années.

— Comment tu fais alors pour illuminer la pierre?

— Cette pierre a été fabriquée pour moi, par Kaïra. En fait, ce n'est pas une pierre. C'est une partie de moi. Le procédé de fabrication est très long. Les Nomaks ont récolté pendant longtemps ma sueur.

— Ta sueur !

— Oui. Et de cette sueur, ils ont recueilli le sel. Avec ce sel, ils ont façonné la pierre. C'est le sel de la vie.

Oleg n'eut pas le temps de poursuivre ses explications. De l'autre côté du vortex, une bande de Nomaks les encerclait. L'un d'eux s'approcha d'Oleg, lui prit sa pierre et l'apostropha en langue nomak.

— À qui avez-vous volé ça ?

— À personne, c'est à moi.

Des murmures réprobateurs s'élevèrent parmi le groupe de Nomaks.

— L'un des nôtres a été tué alors qu'en pure folie il voulait se rendre à Asgard. Nous avons retrouvé son corps, mais pas sa pierre. Je vous repose la question : où avez-vous eu cette pierre ?

— C'est Kaïra qui me l'a fabriquée.

— Menteur !

L'agitation gagnait dangereusement le groupe de Nomaks.

— Je peux vous le prouver.

— Et comment ?

— Seule la personne à qui appartient la pierre peut l'utiliser, n'est-ce pas ?

— C'est vrai.

— Redonnez-moi la pierre, et je vais vous le démontrer.

Le Nomak se retira et discuta un bref instant avec les autres.

— Comment pouvons-nous vous faire confiance ? Vous connaissez notre langage, mais vous n'êtes pas des nôtres. Je ne sais pas comment vous avez fait pour vous rendre en territoire nomak. Nous avons retrouvé un objet du monde extérieur au côté de notre ami mort. Maerik a été tué par une arme, un trou dans la tête et…

Vincent n'avait rien compris de la discussion en langue nomak, mais lorsque le nom de Maerik fut prononcé, il réagit.

— Maerik ?

Tous se tournèrent vers lui. Oleg l'interrogea.

— Maerik, ça te dit quelque chose ?

— Oui. C'était le frère de Karok.

— Karok ? fit le Nomak, surpris. Ce petit homme connaît Karok ?

— Qu'est-ce qu'il a dit ? demanda Vincent.

— Oui, c'est lui que nous cherchons, répondit Oleg au Nomak. Il serait avec Sveinek.

La réponse d'Oleg jeta le doute dans la troupe de Nomaks.

— Je comprends votre désarroi, mais nous n'avons pas beaucoup de temps. Comme vous voyez, nous n'avons pas d'arme. Trois de nos amis sont prisonniers de soldats armés. C'est probablement eux qui ont tué ce Maerik.

— Possible… Nous avons eu vent que des hommes assiégeaient Asgard. C'est ce que Maerik voulait aller vérifier. Mais rien ne nous dit qu'il ne s'agit pas de vous !

— En d'autres circonstances, je vous dirais que votre méfiance vous honore, mais…

C'est alors qu'impulsivement Vincent s'approcha d'un des Nomaks et lui prit le bras. Avant que ce dernier n'eut le temps de réagir, Vincent pénétra dans l'esprit du Nomak. En quelques secondes, il lui fit voir en images rapides tout leur voyage jusqu'ici, de la rencontre avec Jacob jusqu'à leur capture par Karok et Binko en terminant par la mission que venait de leur confier celui que les Nomaks connaissaient sous le nom de Gaïdjin. Se défaisant de l'emprise de Vincent, le Nomak, éberlué, raconta rapidement ce qui venait de lui arriver. Ses compagnons étaient pour le moins stupéfaits.

— Vous êtes des envoyés de Gaïdjin ! Pourquoi ne pas l'avoir dit plus tôt ? Venez, nous allons vous conduire à Sveinek.

Vincent se félicita de son initiative. Il ignorait comment il avait pu réussir pareil prodige. Cela lui était venu, intuitivement.

Heureusement, le vieux Sveinek ne se déplaçait guère plus dans les galeries. Tous connaissaient l'endroit où il avait élu domicile et racontait ses histoires. Mais quand la troupe arriva, seuls quelques trop jeunes Nomaks s'y trouvaient.

— Où est Sveinek ? demanda le Nomak qui avait guidé Oleg et Vincent.

— Il est parti avec Karok rassembler les autres.

— Vont-ils revenir ici ?

— Je ne crois pas. Ils doivent se rendre à Asgard, répondit un autre jeune Nomak.

Oleg se tourna vers son groupe.

— Il faut les retrouver avant qu'il ne soit trop tard. Ils n'auront aucune chance contre les soldats.

La malchance semblait s'abattre sur eux, pensa Oleg. Comment allaient-ils faire pour retrouver Karok, Sveinek et les autres maintenant ? Oleg interrogea les jeunes Nomaks.

— Sveinek connaît un vortex pour accéder à Asgard. Il mène, paraît-il, à une grotte, à l'extérieur de la cité, m'a dit l'un des jeunes Nomaks.

— C'est par là que nous sommes passés, précise Vincent.

— Et ce n'est pas le bon chemin. Ils vont se faire prendre par les soldats.

Oleg montra la carte à Vincent.

— Tu reconnais l'endroit? Tu pourrais nous y conduire?

— Oui… enfin… j'espère… répondit Vincent.

— Vite, dépêchons-nous!

La troupe se mit en marche rapidement. Ils devaient franchir plusieurs vortex avant d'arriver à la grotte, là d'où ils partaient. Le problème, c'est qu'au nombre où ils étaient, les vortex ne demeuraient pas ouverts très longtemps. Une question d'énergie, disaient les Nomaks. Plus il y avait de personnes qui passaient à travers le vortex, plus cela demandait de l'énergie, et moins il en restait par conséquent pour les autres.

— Je crois qu'il va falloir nous séparer si nous voulons arriver à temps. Qu'en penses-tu, Oleg?

— Tu as raison, dit-il.

Puis Oleg s'adressa aux Nomaks:

— Vincent et moi allons y aller seuls. Les autres, vous connaissez le chemin.

— On leur laisse la carte, de toute façon. À force de la regarder, je l'ai bien mémorisée, dit Vincent. Dis-leur de nous retrouver au dernier vortex, avant d'entrer dans les labyrinthes, à Asgard. D'accord?

Oleg les informa du plan de Vincent et personne ne le remit en question. Tous se souhaitèrent bonne chance puis Vincent et Oleg foncèrent vers la grotte.

Il leur fallut peu de temps pour s'y rendre. Une fois le vortex traversé, Vincent et Oleg tombèrent sur la troupe de Karok et Sveinek. Ils étaient cachés dans la pénombre au fond de la grotte dont la sortie menait vers la cité, comme s'ils redoutaient de s'aventurer plus avant. Karok se précipita sur Vincent.

— Binko nous a dit vous avoir laissés ici. Par où êtes-vous passés ? Où est ton ami ?

— Il a été fait prisonnier, dit Vincent.

— Il est vivant ?

— J'espère que oui…

Vincent résuma les derniers événements.

— Tu dis que Gaïdjin nous attend dans les labyrinthes ? questionna Karok.

— Oui.

— Mais quel est son plan ? Et les habitants de la cité sont au courant ? Ils sont d'accord pour nous accueillir ?

— Je comprends vos réticences, Karok, dit Oleg. Mais je vous assure, l'esprit de Gaïdjin est bel et bien parmi nous. Il vous attend.

— Bon, très bien.

Menée par Vincent qui s'étonnait lui-même de retrouver son chemin aussi aisément dans le dédale des galeries, la troupe se dirigea vers le dernier vortex avant les labyrinthes d'Asgard. Le reste des Nomaks, anxieux, les y attendaient. Pour la première fois de leur vie, ils allaient pénétrer à l'intérieur de la cité sacrée et rencontrer ses habitants.

Une fois le vortex franchi, Oleg dirigea la troupe vers la grande salle où se trouvait Gaïdjin et la majorité des résidants en fuite d'Asgard. Ce n'est qu'à ce moment, en les voyant réunis, que Vincent remarqua les petites différences entre les Nomaks. Ceux de la cité semblaient plus grands, mais moins forts que les nomades des galeries, plus façonnés par la survie. Jacob fut tout sourire en les accueillant. On ne pouvait en dire autant des deux clans nomaks. Chaque groupe était sur ses gardes et se maintenait à bonne distance. Des années d'animosité emplissaient l'air déjà lourd de reproches. Pendant un moment, Vincent eut peur que ce rassemblement ne dégénère en affrontement. Avant de penser aller combattre de quelque façon les soldats allemands, il fallait que la paix s'installe d'abord au sein des Nomaks, ennemis depuis trop longtemps. Même la présence bienveillante de Jacob ne semblait pas vouloir calmer les esprits. Vincent n'était pas un grand orateur, mais il sentait qu'il devait tenter quelque chose.

— Mes amis et moi avons fait un long voyage pour nous rendre parmi vous. Jacob, je veux dire, Gaïdjin, nous a choisis, il nous a fait confiance pour vous aider. Il a cru que trois garçons et une fille réussiraient à sauver votre peuple de la menace des soldats. Il a aussi cru que nous réussirions à réunir les clans nomaks. Maintenant, mes trois amis sont prisonniers de ces soldats. Deux d'entre eux sont attachés sur la grande place, avec votre grande prêtresse et votre chef. J'ai laissé derrière moi, je ne sais dans quel état, mon autre ami sur qui les nazis ont tiré. J'ai fait ça parce que je croyais que le seul moyen de les sauver était de vous réunir. Qu'à nous tous, nous trouverions la solution. Mais là… si j'attends que vous régliez vos malentendus, mes amis et les vôtres seront tués.

Tous écoutaient les mots de Vincent dans un grand silence, un peu honteux, et Jacob n'était pas peu fier de son jeune ami.

— Karok et Binko ne voulaient pas venir à Asgard. Pas qu'ils ne voulaient pas vous aider, non. Parce qu'ils redoutaient que vous refusiez leur aide. Mais ils sont venus quand même. Tout ça parce qu'il y a des milliers d'années, des Nomaks comme vous ont écouté leur cœur pour aider des femmes et des enfants à survivre. Ils ont oublié les lois et les dieux, et leurs cœurs se sont unis. Ils ont cru en quelque chose de plus grand. Aujourd'hui, là, maintenant, même si ce n'est que pour quelques moments, je vous demande la même chose.

Un long silence suivit. Puis, Karok se mit à taper ses cuisses de ses deux mains, bientôt imité par d'autres Nomaks de son clan. Cela semblait être leur façon de témoigner de leur approbation, de leur respect. Les habitants d'Asgard ne furent eux non plus pas insensibles aux propos de Vincent et se mirent eux aussi à applaudir à leur drôle de manière. Jacob prit alors la parole.

— Mes amis… Dois-je comprendre, qu'au moins pour aujourd'hui, vous êtes prêts à mettre vos querelles de côté pour aider ce jeune homme ?

Les Nomaks, galvanisés, frappèrent tous sur leurs cuisses.

— Il était écrit qu'un jour les Nomaks auraient besoin de l'aide du monde extérieur. Je crois que vous avez compris que cette aide ne serait rien sans vous, sans vous tous. Maintenant, écoutez-moi bien. Pour vaincre les soldats, il nous faut un plan qui vous implique tous.

22

La roue du temps

Miguel se débattait comme un diable aux mains des soldats. Il était furieux, surtout contre lui-même. La balle avait fait exploser le roc à quelques centimètres de sa main. Pris de panique, il avait relâché sa prise un moment pour tomber plusieurs mètres plus bas. Heureusement sans mal, comme les chats, il était retombé sur ses pattes, à moins que ce ne soit comme les araignées. Miguel avait beau se démener, les nazis le maintenaient solidement. Un coup de crosse de mitraillette bien placé derrière la tête lui fit perdre conscience. Une fois leur proie hors d'état de nuire, les soldats chargèrent le corps inanimé sur leurs épaules. Rendus sur la grande place, ils laissèrent choir leur butin de chasse lourdement. Leur commandant, sourire en coin, s'avança. Il retourna du bout de sa botte le corps du garçon de façon à montrer son visage aux autres prisonniers.

— Une de vos connaissances ? dit-il, narquois.

Charles et Andréa essayèrent de ne rien laisser paraître de leur effroi. Ils avaient bien entendu le coup de fusil. Pas de trace de sang sur leur ami. On pouvait voir aux mouvements de son abdomen que Miguel respirait. Ses camarades espéraient qu'aucune blessure interne ne l'affligeait.

— Il y en a combien d'autres des comme lui à rôder dans les parages? Non, vous ne voulez toujours pas répondre? Très bien. Je n'apprécie pas tellement me faire interrompre pendant mon repas, si frugal soit-il. Je veux bien faire une exception pour cette fois. Surtout qu'à la lueur de votre muette réaction, cela me permet d'arriver à la triste conclusion que je ne peux malheureusement pas vous faire confiance. Et franchement, cette déception me coupe l'appétit. Heureusement, je connais un petit jeu qui a toujours l'heur de me raviver la faim. Soldats, réveillez-moi ce jeune homme et préparez-le pour le « divertissement ».

Sur l'ordre de leur officier, les soldats ranimèrent à coups de claques sur les joues le pauvre Miguel. Ouvrant brusquement les yeux, une vive douleur à la nuque lui rappela ce qui était arrivé. Sans ménagement, il fut traîné puis attaché entre deux poteaux par les mains et les pieds sans qu'il puisse opposer quelque résistance. Avec malice, un garde sortit un grand couteau bien affûté. Il laissa glisser lentement la lame contre le cou de Miguel, lui infligeant une légère coupure. Un mince filet de sang s'écoulait de sous sa pomme d'Adam jusqu'au col de son chandail. Son tortionnaire recueillit avec le bout de son doigt une goutte de sang. Il regarda avec amusement un moment la gouttelette rouge pour ensuite la lécher avec juste la pointe de sa langue. Manifestement content de son effet, il souriait tout en continuant de laisser glisser la lame de son couteau sur le visage de Miguel. Puis, d'un geste vif, il baissa son avant-bras pour le remonter en un éclair, taillant en deux le haut de la combinaison de spéléologue de sa victime, puis trancha son chandail. Le torse ainsi découvert, le jeune garçon s'attendait à de pires sévices en voyant avancer sur lui l'autre garde, un bout de bois chauffé au rouge à la main. Le plaisir de son collègue bourreau était moins raffiné, mais plus brutal. Il plaqua son tison contre le ventre de Miguel, lui arrachant un cri dont l'écho se répercuta sur le visage des énormes statues de mammouths bordant la grande place.

— Arrêtez! cria Charles. Arrêtez! Pourquoi faites-vous ça?

— Auriez-vous des choses à nous révéler? dit le commandant avec un plaisir malsain.

— Je vous dirai tout ce que vous voulez savoir.

— Charles, non… murmura Andréa.

— C'est bien simple, dit l'officier. Nous sommes venus par la mer, mais notre bateau n'est plus en état de fonctionner. Vous êtes venus ici comment? Par une autre entrée, de toute évidence.

— Nous sommes venus ici au moyen de la roue du temps, répondit Charles.

— Mais qu'est-ce que tu racontes?… dit faiblement Andréa, de façon à ne se faire entendre que par son compagnon. Ne lui dis pas n'importe quoi au moins, sinon ils vont s'en rendre compte et nous tuer, c'est sûr!

— Peut-être que votre amie a aussi des révélations à nous faire? dit le commandant en remarquant les murmures d'Andréa sans pouvoir les comprendre.

— Mon amie n'est pas d'accord avec moi, c'est tout.

— Ah bon?… Et pourquoi?

— Elle croit que vous allez nous tuer de toute façon, enfin… c'est ce que vous avez laissé entendre.

— J'ai dit ça? dit le nazi sur un ton amusé.

— Mais je crois qu'après ce que j'ai à vous offrir, vous allez plutôt nous remercier.

— Qu'est-ce donc, mon jeune ami? dit l'officier, intrigué.

— Je vous propose de retourner dans le temps.

— Et… c'est tout?

— Pensez-y un moment. Qu'est-ce que vous feriez avec la possibilité de revenir en arrière à n'importe quel moment? Imaginez ce que vous savez déjà de la guerre. Vous pourriez éviter des défaites. Vous seriez vu comme un grand stratège parmi votre armée. Et qui sait, en voguant de victoire en victoire sur des combats qui pouvaient paraître perdus d'avance, vos supérieurs vous feraient certainement monter en grade. Hitler vous en serait sûrement reconnaissant. Et puis, pourquoi pas… en venir à diriger l'armée tout entière? Ensuite, allez savoir ce que l'avenir vous réserverait avec votre connaissance du passé.

— Votre offre est, ma foi, fort alléchante, jeune homme. Mais malheureusement impossible à prouver.

À ces mots, on entendit un fort bruit qui ressemblait au barrissement d'un éléphant. Comme si les statues de mammouths se réveillaient d'un profond sommeil. Des dizaines et des dizaines de Nomaks sortaient par les ouvertures des niches du labyrinthe. Le spectacle était impressionnant. Ils descendaient l'un après l'autre en s'agrippant aux pieds du suivant. Les petits hommes gris formaient de véritables échelles humaines. Une fois tous les habitants du labyrinthe sortis, ceux qui avaient fait office d'échelon se laissèrent tomber dans les bras d'un groupe qui les recevaient au bas de la paroi rocheuse. Puis, lentement, la tribu nomak avança vers la grande place menée par un quintette composé de Karok, Sveinek, Binko, Oleg et Vincent. La procession se dispersa pour venir encercler la grande place. D'abord surpris par cette apparition, pour ne pas dire hébétés, les nazis finirent par se ressaisir. Ils pointèrent chacun leur mitraillette en direction de la foule, prêts à tirer. Aussitôt, la marée de Nomaks fit briller des dizaines et des dizaines de pierres incandescentes, aveuglant du coup les soldats. L'effet fut par contre momentané. Les Allemands plissèrent alors leurs yeux et s'apprêtaient à mitrailler la tribu quand leurs armes quittèrent leurs poings pour s'élever dans les airs. Les Nomaks se tenaient tous par la main. Unissant ainsi la force de leurs esprits, ils avaient pris le contrôle de l'armement ennemi. Ce prodige n'avait été rendu possible que par le grand nombre de Nomaks réunis par leurs esprits. Les habitants d'Asgard n'étaient pas assez nombreux pour réaliser pareil exploit. Avec la présence des Nomaks des galeries, à eux tous, ils réussirent. Loin de se laisser démonter, le commandant nazi ordonna à ses troupes de se servir de leurs couteaux. Plutôt que de s'attaquer à la foule, les nazis se regroupèrent rapidement autour de leurs prisonniers, appuyant fermement leurs armes blanches sous la gorge de leurs otages. L'officier prit alors la parole.

— Faites un pas de plus et nous leur trancherons la gorge sans aucune hésitation. Mes hommes sont entraînés pour tuer, je vous le rappelle. Et vous aurez beau essayer de nous enlever nos couteaux avec votre petite magie, vous ne sauriez avoir raison de la pression que nos lames exercent sur le tendre cou de vos amis.

Joignant le geste à la parole, le commandant fit une fine entaille sous la pomme d'Adam de Charles qui fit s'écouler une petite quantité de sang. Un long moment de silence s'ensuivit, comme si les deux parties évaluaient la situation et préparaient la réplique. Conscient qu'il jouait peut-être bien sa dernière carte et malgré le tremblement qui affectait tous ses membres, Charles ramassa le courage qui lui restait.

— Je ne pense pas que ces gens soient ici pour vous faire du mal. Sinon, à voir leur démonstration de force, je crois que ça ferait longtemps qu'ils auraient eu la chance de le faire, bluffa-t-il.

— Taisez-vous! cria le commandant, enclin à la panique.

— Ce jeune homme a raison, dit Oleg.

— Qui êtes-vous? tonna l'officier.

— Je suis Oleg, simple pêcheur.

— Et qu'est-ce que vous voulez?

— Nous libérer, tous.

— Tous?… Hé bien… Pourquoi feriez-vous ça? Et pourquoi aujourd'hui? Vous ne vous êtes jamais manifestés auparavant. Comme des lâches, vous avez préféré regarder, peut-être avec délice, vos leaders subir nos tortures sans broncher. Pourquoi en serait-il autrement aujourd'hui?

Sortant du groupe, Vincent s'avança, sentant en lui une force nouvelle.

— Les Nomaks nous attendaient, dit courageusement Vincent.

— Tiens donc, dit le nazi en souriant. Un autre jeune homme. Trois garçons et une fille. Êtes-vous comme les quatre chevaliers de l'Apocalypse, venus nous annoncer notre fin du monde ? railla-t-il.

— Ces jeunes sont ici afin d'accomplir la prophétie, dit tranquillement Naori. Soit de réunir notre peuple, divisé depuis trop longtemps. Votre sort nous importe peu. Votre présence est accessoire. Mais si, pour le bien de notre monde, nous pouvons aussi vous libérer, nous le ferons.

— Pourquoi ne pas simplement nous indiquer le moyen de sortir d'ici au lieu de ce charabia ? Mais surtout, pourquoi ne pas l'avoir fait plus tôt ?

— Parce qu'il n'y a qu'un seul moyen de sortir d'ici, mentit habilement Charles. Avec la roue du temps, n'est-ce pas, Kaïra ?

— Effectivement, dit-elle. Et seuls des envoyés du monde extérieur peuvent actionner la roue du temps dont nous possédons le secret.

— Admettons que je veuille bien vous croire… Comment ça marche ?

— Pour ce faire, j'ai en ma possession une moitié des ingrédients, l'autre étant la propriété de Sveinek, le sage. Il vous faudra aussi libérer les trois jeunes. Les quatre envoyés sont nécessaires à l'accomplissement. Pour vous prouver notre bonne foi, vous pourrez garder mon père en otage.

Fort de ce gage, le commandant voulut bien se prêter au jeu. Il sentait qu'il n'avait rien à perdre et peut-être tout à gagner. Si les promesses de son avenir personnel rempli de victoires militaires et de pouvoir étaient véridiques, cela avait bien sûr tout pour le charmer. Néanmoins, fin stratège, il n'était pas encore convaincu. Il conservait une carte dans sa manche, au cas. Un atout qui pourrait bien servir au moment opportun.

Une fois les jeunes et Kaïra libérés, les soldats entourèrent Naori, leurs lames sous la gorge. On ne peut pas dire que la confiance régnait. Sveinek et la grande prêtresse sortirent des sacs, chacun rempli de poudres de couleurs différentes. À genoux, ils répandirent sur le sol de la grande place les poudres comme s'ils peignaient un étrange dessin composé de multiples formes géométriques complexes. Pendant leur travail, les Nomaks chantaient ou plutôt murmuraient des sons gutturaux formant un rythme répétitif envoûtant. À la lueur des pierres incandescentes, le tout avait des allures d'une secrète cérémonie sacrée. Les jeunes aventuriers étaient fascinés par le rituel. Même les soldats n'échappaient pas au merveilleux du moment.

La fresque était maintenant terminée. Kaïra invita les nazis à prendre place au centre du dessin, en prenant soin de ne pas le défaire. La grande prêtresse demanda aux soldats de se concentrer sur un moment et un lieu précis afin d'être transportés dans le temps.

— Un instant! dit le commandant. Je ne doute pas que votre magie soit extraordinaire. Mais justement, quelque chose me dit que je ferais bien de la redouter. Pourquoi ne pas me faire une démonstration de vos pouvoirs avec un volontaire d'abord?

Voilà quelque chose que les Nomaks n'avaient pas prévu. Oleg s'avança.

— Moi, je veux bien être volontaire. Je ne souhaite qu'une chose au monde : être réuni avec mon fils. Si cette magie permet de voyager dans le temps et l'espace, je ne désire que revoir mon Olaf. Là, maintenant, aujourd'hui. Je ne veux pas qu'il meure seul dans une chambre d'hôpital.

— Mais… Oleg… Le temps n'est pas le même à l'extérieur d'ici, vous le savez. Vous allez mourir vous aussi si vous faites ça, dit Andréa, attristée.

— C'est vrai, ajouta Vincent, pourquoi ne pas choisir de revenir en arrière plutôt, avant votre voyage, recommencer votre vie ?

— Comment pourrais-je vivre en paix en sachant que dans un autre temps j'ai laissé mourir mon fils ? D'ailleurs, si Olaf meurt dans cette vie, qui me dit que je le retrouverai vivant dans une autre ? On ne peut pas être mort et vivant à la fois, il me semble. Je ne sais pas. Mais je n'ai pas envie de prendre ce risque. Alors, de retourner vivre… seul… Non, je ne pourrais pas le supporter. J'ai vécu une belle vie, je suis content. Maintenant, je veux simplement revoir mon fils. Imaginez : j'ai découvert le royaume des dieux ! C'était mon rêve. Quelle vie extraordinaire. Qui peut en dire autant ?

Oleg s'avança donc au centre de la fresque. Kaïra demanda aux quatre amis de se joindre à Sveinek et à elle. Charles sentit grandir en lui une force, une présence. Son regard changea, il n'était plus le même. À son étonnement, il formula des mots dans une langue inconnue, accompagné par les chants gutturaux des Nomaks. Et Oleg disparut.

— Où est-il passé ? fit le commandant, après la surprise.

— Là où il le souhaitait, dit Kaïra.

— Je n'y crois pas. De toute façon, cet homme voulait mourir ! Non, il va falloir que vous fassiez mieux que ça pour me convaincre. Façon de s'assurer que votre magie n'est pas une machine à tuer, mais bien à voyager : envoyez un des vôtres dans ce truc et ramenez-le.

— Le doute est le fondement de la raison. En cela, votre réaction vous honore. Très bien. Vous nous avez demandé une preuve, et je vous l'ai donnée. Maintenant à vous de me donner quelque chose en retour. Libérez mon père, et nous le ferons voyager dans le temps puis revenir.

— Non. Votre chef est notre police d'assurance. Prenez quelqu'un d'autre.

— À quoi bon ? Je suis prête à vous prouver hors de tout doute que la roue du temps vous fera voyager où bon il vous semblera. Croyez-vous que j'enverrais à la mort mon propre père ? Cela devrait être une preuve suffisante.

— Désolé, grande prêtresse, pas le chef. C'est à prendre ou à laisser.

— Bon, très bien.

Un Nomak fut désigné. Le même rituel et le petit homme gris disparut. Pour réapparaître aussitôt quelques secondes plus tard. Cette fois, le commandant fut convaincu. Tous les soldats se placèrent au centre de la fresque, en cercle. Charles sentit la présence en lui encore plus forte. Le chant guttural des Nomaks déborda en intensité. Tous portèrent bien haut leur pierre incandescente. Pris de panique, le commandant voulut se retirer du cercle. Mais ses pieds collaient au sol. Charles prononça l'incantation, en même temps que ses amis, d'une seule voix. Le visage tout en grimace d'épouvante, les nazis quittèrent le monde des Nomaks. À jamais.

23

Le retour

Pour la première fois, depuis des milliers d'années, le peuple des Nomaks était enfin réuni. Tout cela grâce au courage des quatre jeunes aventuriers. La victoire sur les nazis avait donné le sourire à tous. Elle avait permis le rapprochement entre les Nomaks des deux clans autrefois ennemis. Bien sûr, certains se regardaient encore du coin de l'œil, plus timides qu'inquiets. Pendant que d'autres apprenaient à fraterniser, se racontant déjà des anecdotes autant sur le quotidien dans la cité que les mystères de la vie dans les galeries du territoire nomak. Ensemble, ils réalisaient que ce triomphe sur les envahisseurs avait été rendu possible grâce à leur réunification. Ensemble, leur pouvoir sur la matière était décuplé. Divisés, il était affaibli. Une leçon que les Nomaks ne seraient pas prêts d'oublier. Comment avaient-ils pu être si sots pendant tout ce temps ? Peu importe. Aujourd'hui était un grand jour, un jour nouveau. Et ils le devaient à Charles, Andréa, Vincent et Miguel, ceux que les Nomaks surnommaient déjà les héritiers. Les quatre amis ne saisissaient pas le sens ou la portée de cette expression. Ils ne tarderaient pas à la comprendre.

Pendant que les Nomaks manifestaient leur joie au cours de cette petite fête improvisée, la grande prêtresse Kaïra vivait un moment plus sombre. Bien sûr, elle était heureuse de ce dénouement pour son peuple, mais elle songeait à Olaf. Elle luttait contre l'envie d'utiliser la roue du temps pour aller rejoindre son amoureux. Kaïra savait que ce serait bien inutile. Aussitôt qu'elle atteindrait le monde extérieur, elle en mourrait. Ses quatre cents ans la rattraperaient hors de la protection de son territoire souterrain. Le vieillissement n'était pas instantané, mais suffisamment rapide pour exclure cette idée. Jamais elle ne disposerait d'assez de temps pour aller et revenir en vie. Seuls les voyages vers un lointain passé ne la tueraient pas. Sauf qu'Olaf ne s'y trouverait pas. Et son rôle était d'être auprès de son peuple. Si seulement il existait un moyen d'effacer les ravages du temps sur Olaf et ainsi le ramener parmi les siens, mais elle n'en connaissait aucun.

Quand Kaïra s'approcha des quatre amis, Charles lut dans ses pensées. Il sentait sa tristesse, mais ne savait quoi faire pour l'apaiser. C'est une Kaïra digne et fière qui s'adressa à eux :

— Il est temps maintenant pour vous de partir. Votre vie n'est pas ici, mais parmi les vôtres. Jamais mon peuple ne pourra assez vous exprimer sa reconnaissance, estimés héritiers. Et pourtant, j'aimerais encore vous demander une chose. Si vous revoyez Olaf, pouvez-vous lui remettre ceci, dit-elle en retirant avec cérémonie son collier. Cet objet a le pouvoir de réunir les esprits. Une fois dans le territoire des ombres, il agit tel un phare et guide ceux qui souhaitent se retrouver.

— Nous le ferons, dit Andréa au nom de ses camarades, en prenant le collier.

Karok et Binko s'avancèrent timidement vers la troupe des jeunes amis.

— Nous voulions aussi vous remercier. Grâce à vous, l'honneur de nos ancêtres a été rétabli, dit Binko.

— C'est un nouveau jour pour notre peuple, merci, dit Karok.

Le groupe se fit une accolade chaleureuse, sachant bien que cela signifiait qu'ils ne se reverraient probablement plus jamais.

La bande des quatre alla ensuite se placer au centre de la roue du temps. Tout le peuple des profondeurs, mené par leur chef Naori, vint les entourer pour un dernier salut. Portant chacun leur pierre incandescente à bout de bras, les Nomaks entamèrent leur chant guttural. Le spectacle était saisissant. Ces adieux firent frissonner d'émotion les jeunes amis. Kaïra leur demanda de bien se concentrer sur leur choix de destination, puis avec Sveinek, ils prononcèrent la formule.

Pour retourner dans leur monde, les quatre amis choisirent de revenir le samedi, au lendemain de leur rencontre avec Jacob et le jour même de celle avec Olaf à l'hôpital. Leur première préoccupation était de revoir Olaf vivant afin de lui dire que son périple héroïque n'avait pas été vain. Ils avaient réussi à sauver le peuple nomak et à le réunir enfin. Les jeunes avaient peur qu'Olaf ne survive pas au supplice du temps s'ils regagnaient la surface en respectant les jours écoulés. Et s'ils étaient chanceux, ils pourraient assister aux retrouvailles entre Oleg et son fils. Andréa tenait serré contre elle le collier ayant appartenu à Kaïra, l'amoureuse qu'Olaf ne reverrait probablement plus jamais. Les jeunes aventuriers réapparurent au pied du rocher dans le parc du Mont-Royal, là où ils avaient pénétré dans le territoire des Nomaks, espérant que peut-être Jacob les y attendrait. Aveuglés par un soleil radieux qui contrastait vivement avec le monde souterrain des Nomaks, les gamins eurent la surprise de revoir Jacob entouré des trois adolescents qui l'avaient martyrisé la veille ! Heureusement, la bande arrivait juste à temps pour éviter d'autres sévices à leur ami. Se sachant maintenant investis de pouvoirs particuliers, le quatuor s'avança vers ces vauriens avec cette fois l'intention de leur régler leur compte. À la vue de leur sourire sardonique, mais surtout de leurs yeux rouges brillants, la bande figea sur place.

— On vous le laisse… dit l'un des voyous. Mais on se reverra… On a tout notre temps, n'est-ce pas, Ambrosius ?

Avant même d'avoir pu maltraiter le jeune handicapé, les trois malfaisants quittèrent les lieux dans un des rires les plus pervers qu'ils leur furent jamais donné d'entendre.

— Jacob… mais qui sont ces trois gars-là ? Pourquoi ils t'ont appelé Ambrosius ? demanda Charles.

— Mes amis… C'est une longue histoire. On aura tout le temps pour en reparler. Je crois que nous sommes tous pressés d'aller rejoindre Olaf pour le moment. Allez, venez, je vais vous en raconter une partie en chemin.

Jacob leur raconta que dans l'éternel conflit opposant le Bien et le Mal, il avait déjà été capturé par un puissant esprit maléfique qui l'avait confié à un incube. C'est lors de son séjour forcé dans le sombre antre de cette bête qu'il avait fait la rencontre de ces trois démons. Depuis, ils n'avaient de cesse de le pourchasser, pour tenter de le ramener du côté sombre. Jacob avait échappé au sort qui lui était réservé grâce à sa mère qui avait invoqué les esprits du Bien tout au long de sa grossesse, déjouant ainsi le plan de l'incube qui l'avait mise enceinte. Les habitants du petit village reculé de Sibérie où il était né se demandaient tous comment une femme seule sans mari avait pu concevoir un enfant. Et c'était sans compter sur les étranges manifestations autour de la maison de sa mère. Les rumeurs de sorcellerie allant bon train, et avant que sa mère ne fût chassée de son village, ou pire encore, qu'elle ne perde sa progéniture, elle confia l'enfant au prêtre du village. Ne sachant pas quoi faire du bébé et effrayé par les visites des êtres maléfiques, l'homme d'Église cacha l'enfant au fond d'une grotte, en priant le ciel. C'est là que son père adoptif, dans une expédition, le retrouva.

Le reste du trajet se fit en silence, tant les quatre amis étaient renversés par les révélations de leur copain. Celui qui les avait embarqués dans le sauvetage d'un peuple mythique était aussi au centre d'une guerre entre des forces insoupçonnées. Qu'est-ce que leur implication avec Jacob leur réserverait dans l'avenir ? Des frissons leur parcoururent tout le corps. Ils aimaient mieux ne pas y songer. L'hôpital se dressait devant eux et la pensée de revoir Olaf chassa leurs inquiétudes. Pour le moment.

Dans la chambre 303, Olaf était là, encore en vie. Comme Charles et ses amis n'avaient en principe pas encore fait sa connaissance, ayant réintégré le monde avant et non après leur première rencontre, ce fut Jacob qui se chargea de résumer l'aventure. Olaf avait peine à croire le récit de toutes ces péripéties, même quand Charles lui montra son journal de bord qu'il leur avait donné. Mais lorsque Andréa lui donna le collier de Kaïra, Olaf eut un sourire radieux malgré les quelques larmes sur ses joues.

— Vous êtes un héros, Olaf. Vous avez réussi, dit Charles, ému.

— Mon père est venu me voir cette nuit. J'ai cru que je rêvais. Il était si vieux. Et vous me dites que ce n'était pas un songe ?

— Non, c'était le plus cher désir d'Oleg. Vous revoir avant de…

Charles ne termina pas sa phrase.

— Et les nazis ?

— Oh… Kaïra nous a dit que ces imbéciles avaient souhaité revenir avant la guerre. Seulement, ils n'ont pas spécifié quelle guerre… À l'heure où on se parle, ils sont probablement au début de l'humanité en train de fuir les coups de bâton d'une quelconque tribu primitive.

Table des matières